Tatsuto & Yousuke
「ダイヤモンドの条件」

「樹人くん、けっこう度胸があるね」
「え…どういう意味ですか?」
「これだけ顔を近づけてるのに、全然身体が逃げてない。普通は、もっと警戒するもんじゃない? 一応、俺は君が男と付き合ってるって知ってるんだから」
(「ゼロの微笑」P.264より)

Chara

ダイヤモンドの条件

神奈木 智

キャラ文庫

この作品はフィクションです。
実在の人物・団体・事件などにはいっさい関係ありません。

目次

ダイヤモンドの条件……5
ゼロの微笑……151
あとがき……306

ダイヤモンドの条件

口絵・本文イラスト／須賀邦彦

ダイヤモンドの条件

あ、これって。

藤代樹人《ふじしろたつと》は、ファッションビルの入口に掲げられたポスターを見て思わず足を止めた。

「…これ、確か『3－GO』が夏に新しく立ち上げるブランドだよな。へぇ…やっぱ、紀里谷《きりや》晃吏《こうじ》使ったんだぁ」

連れもいないのに、うっかりそんな感想が口をついて出てしまう。現役高校生の樹人のみならず、十代から二十代の男性にとってモデルの晃吏は『こうなりたいナンバー1』であり、女性にとっては『憧れの男性ナンバー1』の存在なのだ。

おまけに、ポスターの晃吏は珍しく微笑を浮かべていた。クールな美貌《びぼう》が売りのせいか、彼には笑顔が似合わないという定説がある。それなのに、ここでは素の表情を見ているような寛いだ印象さえ受ける。

「ふぅん……」

見ている間に、樹人はふと誰が撮ったのか興味を覚えてきた。あらゆる表情を撮り尽くされている売れっ子モデルを、こうも新鮮に見せているのだ。恐らく、かなり有名なカメラマンが撮ったに違いない。そう思った彼は、ポスターの隅にクレジットされている名前を順に目で追ってみる。

「…YOUSUKE　ARAKI…?」

一際小さな文字がカメラマンの名前のようだが、生憎《あいにく》と樹人には全然馴染《なじ》みがなかった。

(なんだ。もっと、有名な奴が撮ってるかと思ったのにな。だって、あの紀里谷だぜ?)

少し当てが外れたような気持ちで、もう一度ポスターを見上げてみる。現在もっとも注目度の高いストリート系のブランド『3－GO』の新ブランドは、前からマスコミでさんざん煽《あお》られていた。おまけに、イメージモデルが紀里谷晃吏とくれば、カメラマンもそれなりの人物で固めるのが順当だろう。

(それとも、俺が知らないだけかなぁ)

明日、学校で平間《ひらま》にでも訊《き》いてみるか。親友の顔を思い浮かべながら呟《つぶや》き、樹人はカメラマンの名前を忘れないよう反芻《はんすう》した。

「あらきようすけ…っと」

そろそろ行くか、と歩き出そうとした時。

まるでタイミングを見計らったように、制服のポケットの携帯電話がいきなり鳴り出す。

「もしもし?」

『藤代くんてば、いつまでポスター眺めてんのよぉ。巨乳アイドルでもないのにぃ』

「誰だよ、おまえ」

『失礼ねぇ。後ろ見て、う・し・ろ』

　失礼なのはどっちだとムッとしつつ、くるりと背後を振り返る。すると、十メートルほど離れたところで、同じ高校の制服を着た二人組の女の子が手を振っていた。

（パス一。パス二）

　樹人は即座に携帯を切り、容赦なく彼女たちに背中を向ける。顔はそれなりだったが一人はガムの嚙《か》み方が下品だったし、もう一人は確か平間の元彼女（の一人）だった筈《はず》だ。

　パタパタと軽い足音がして、すぐに二人は樹人に追いついてきた。

「ねぇねぇ、これから遊びに行かない？」

　ガムの彼女が、左腕に手を回してくる。

「放課後、こんなとこウロウロしてるんだったらヒマなんでしょ？　だったら…」

「てゆーか、おまえ誰だよ。それに、なんで俺の携帯の番号知ってるわけ？」

「いいじゃん、そんなこと。あたしはE組の小林《こばやし》で、この子は内田《うちだ》。ねぇ、遊ぼう？」

「冗談だろ」

　思い切り乱暴に腕を振り払い、樹人はニコリともせずに答えた。

「なんで、俺が会ったばっかの女と遊びに行かなきゃなんねぇんだよ」

「…ちょっと、あんたねぇ」

　小林と名乗った女の子が、むくれた顔つきで樹人へ詰め寄る。

「偉そうにしないでよ。平間くんが頼むって言うから、声かけてやっただけなんだから。大体、これは陽子《ようこ》のためで…」

「やめて、美佳《みか》。もういいから、ねぇ…」

「でも、こいつムカつくじゃん」

「平間くんのことなら、あたしはもう…」

「…あのさ。俺、もう行ってもいい?」

露骨に白けた顔をしてみせると、我に返ったのか二人はたちまち赤くなる。何か裏があるだろうとは思っていたが、ここで彼女たちを責めても空しいだけなので、樹人は黙ってそのまま歩き出した。

(…ったく、平間の野郎……)

二人と距離ができるにつれて、ムカムカと怒りが湧《わ》き起こってくる。まったく、何が悲しくて親友に頼みもしない女を世話されなければならないんだろう。

確かに、モテる平間と違って自分は女の子から積極的にアプローチされるタイプではない。別に顔がブサイクだとか雰囲気が暗いとかいうわけではないと思うが、早い話全てが平均点なのだ。身長も百七十そこそこだし、中肉中背の平凡な身体つきといい、長くも短くもない無難なヘアスタイルといい、取り立てて目立つ要素などないごく普通の男子高校生だ。

(それにしても、せめてもう少し可憐《かれん》なタイプを紹介しようって気はないのかよ)

怒りを抱いたまま樹人が歩き続けていると、突然ヒステリックな怒鳴り声が耳に飛び込んできた。

「なんなのよ！　最低ね、あなたって！」

ビクッとしてその場に立ち止まり、急いで声のした方向を見てみる。前方に一台の青い乗用車が止まっており、その助手席から女性が一人出てくるところだった。

「付き合ってられないわ！　じゃあね！」

運転席に向かってそんな捨てゼリフを吐き、彼女は乱暴にドアを閉める。ミニタイトスーツに爪先の尖《とが》ったハイヒールという隙《すき》のない出で立ちは、まるでＯＬ対象の雑誌のグラビアから抜け出てきたようだった。

（へぇ…きつめだけど、美人じゃん）

まなじりをキッと上げ、唇を強く引き結んだ顔は先刻の樹人同様怒りに燃えていたが、はっきりした目鼻立ちにはむしろお似合いの表情だ。ただ、右手にゴツいカメラを持っている点だけは少々理解に苦しんだ。彼女は、たとえ小さなポーチ一つでも当然のように彼氏に持たせるタイプに見える。それなのに、どうしてあんな黒い鉄の固まりなんかを重そうに抱えているのだろう。

「おい、待てよ！　澪子《れいこ》！」

「さっさと戻って、仕事でもすれば？」

車から引き止める声がかかっても、澪子と呼ばれた女性はちらりとも振り返らない。ピンヒールがアスファルトに挑戦的な音を立て、彼女の怒りの度合いを表していた。

（ふぅん…彼氏と喧嘩《けんか》でもしたのかな）

興味をそそられた樹人は、そっと澪子から車へ視線を移してみる。光の加減ではっきり顔は見えなかったが、運転席にいるのはどうやら若い男性のようだ。やっぱりカップルの痴話喧嘩か、と樹人が納得した瞬間、耳をつんざくような声が飛んできた。

「どいてっ！　あなた邪魔よっ！」

「え……あっ！」

「きゃあっ！」

慌てて視線を戻したが、遅かった。歩を緩めずに向かってくる澪子を避ける間もなく、二人はまともにぶつかってしまった。樹人はかろうじて尻もちをつかずに済んだが、体格の差か澪子の方は弾かれた勢いで背後のガードレールにしたたかに身体を打ちつける。同時に〝ガシャン！〟という不吉な音が、短く周囲に響き渡った。

「痛ぁい…なんなのよ、もう……」

「す、すみませんっ」

弱々しい抗議の声に、樹人は急いで彼女へ駆け寄ろうとした。しかし、足もとに転がっているカメラを見た途端、身体が凍りつく。それは、いかにも高価そうな一眼レフのカメラだった。

しかも、樹人とぶつかった衝撃で落としたらしく、アスファルトの上には細かなレンズの破片がきらきらと散らばっている。

「あら」

動けずにいる樹人を無視して、澪子はしみじみと壊れたカメラへ視線を落とした。やがて、痛みで眉間《みけん》にできていた皺《しわ》がゆっくりと消えていき、鮮やかなオレンジ色の唇から耳を疑うような呟きが零《こぼ》れる。

「…いい気味だわ」

「え……？」

「これも天罰ね。お気の毒さま」

「あの、あの、何を…」

「言っておくけど、私は謝らないわよ」

断固とした口調で顔を上げ、彼女は強気な微笑を浮かべた。わけのわからない樹人は澪子の視線を追って後ろを振り返り、ようやくセリフの意味を悟る。

若い男性が一人、車から降りてこちらへ小走りに向かってきていた。壊れたカメラが気にかかる樹人は、彼の姿を認めるなり心臓がドキドキし始める。

（やばい。男が出てきちゃったじゃん）

近寄ってきた男は焦る樹人を横目で見てから、すぐに澪子へと視線を移した。だが、意識がカメラに向いているのは一目瞭然《りょうぜん》だ。

「いいのよ、無理しなくたって。瑛介《ようすけ》は、私よりカメラの方が気にかかるんでしょう?」

「………」

「もう一度言うけど、謝らないわよ」

まだ身体は痛むだろうに、澪子はしゃんと体勢を立て直すと乱れた髪をさっと整える。それからおもむろに樹人へ向き直ると、冷たい瞳のまま再び口を開いた。

「カメラの件は、彼と話し合ってちょうだい。私はもう関係ないから」

「え…だけど、あの……」

「それじゃあね」

歩き出した彼女を引き止めようかと一瞬樹人は迷ったが、肝心の男が黙って突っ立っているので仕方なく口を閉じていた。

(まぁ、確かに…ちょっと腹は立つかも…)

男の様子を盗み見た樹人は、半ば呆《あき》れ気味にそんな感想を漏らす。残された彼は一人になるのを待ちかねたようにアスファルトへしゃがみこんで、カメラの破損状態なんか調べているのだ。まるで、彼女の存在なんて初めからなかったような冷たさだった。

(ずいぶん、薄情な人だよなぁ…)

顎《あご》に無精髭《ぶしょうひげ》こそちらほら目立つものの、彼はなかなかの男前だった。特に瞳が綺麗《きれい》な薄茶色をしていて、思わず惹《ひ》き寄せられそうになる。カメラをチェックする横顔には一種近寄り難い雰囲気が漂い、その厳しさが単なる二枚目には止《とど》まらせない要因を作っていた。

要するに、いかにも女性にモテそうな風貌をしていたのだ。憎らしいほどに。

(…成程ね。だから、さして打撃でもないわけか。だけど、俺だったら…)

ふっと、自分が続けようとしたセリフに気づき、樹人はパッと赤面した。「俺だったら、こんな男とは絶対に付き合わない」。無意識に、そんな言葉が出てきてしまったのだ。

おいおい、女子高生じゃあるまいし。

樹人は慌てて妄想を打ち消したが、なんだか気まずい思いだけが残った。

「…おい」

「…………」

「おい、おまえ。聞こえてんだろ?」

「え…あ、俺…ですか?」

「他に誰がいるんだよ」

立ち上がった男から思い切り不機嫌な声を浴びせられ、樹人はかなりムカッとくる。初対面の相手からいきなりおまえ呼ばわりされるのは、はっきり言って不愉快だ。

「そんな目つきで睨《にら》んだって、しょうがないだろ。こっちは、名前も知らないんだから」

樹人の表情を素早く読んで、男が平然と言い返してきた。大きな手の中には、壊れたカメラが大事そうに抱かれている。さりげなく観察してみたが、割れたレンズはやっぱり使い物にはなりそうもなかった。

「…さて。どうしてくれるんだ?」

「え……」

恐れていた一言が、とうとう男から発せられた。なんとか言い逃れる術《すべ》はないかと、樹人は急いで頭を巡らせる。こんな時、弁の立つ平間がいてくれたら…と思ったりもしたが、先刻の屈辱を思い出してすぐに却下した。

「どうするって…でも、あの人が勝手にぶつかってきたわけだし…だから…」

「彼女は、〝どいて〟って言ってたじゃないか。俺には、ちゃんと聞こえたぜ?」

「そ、それは、そうですけど。でも、俺が全面的に悪いとも言えないんじゃ…」

「じゃあ、責任の一端は感じてるわけだ」

「………」

すかさず突っ込まれて、樹人は何も言えなくなってしまう。自分で自分の首を絞めるような真似は、なるべく避けねばならない。

男はしばらく考え込んでいたが、やがて小さなため息を漏らした。いかにも「被害者です」と言いたげなその様子に、樹人は内心ますます反発を募らせる。

「ま、どっちにしろ路上でまとまる話でもないよな。その制服、光野《こうや》学院だろ」

「あっ」

樹人は咄嗟《とっさ》に校章を隠そうとしたが、この界隈《かいわい》でこげ茶のブレザーを採用している学校は他になかったので、無駄な努力だった。

「人気の制服が、徒《あだ》になったな？」

薄茶の瞳を悪戯《いたずら》っぽく輝かせ、男は樹人の反応を楽しんでいるような口をきく。つっけんどんな態度の割りには、目だけがやたらと雄弁な奴だった。

「俺、今日はこれから仕事があるんだ。だから、後で改めて連絡をするよ。弁償なんかに関しては、その時に話し合おう。いいな？」

「そ、そんな…一方的に……」

「納得いかないんなら、弁護士でもなんでも雇えばいいさ。ま、レンズ代より高くつくと思うけどな」

そう言いながら、彼は胸ポケットに右手を突っ込むとよれよれの名刺を引っ張り出す。

「最後の一枚だ。なくすなよ」

「荒木《あらき》…瑛介…？」

「それが、俺の名前。で、そっちは？」

「…………」

「往生際の悪い奴だなぁ。名前、教えろよ」

「…藤代…樹人……」

　観念して答えると、男はわざわざ声に出して「光野学院の藤代くんか」と確認してきた。

「それから、携帯か家の電話番号だな。あ、言っておくけど、学校と名前がわかってる以上、デタラメ教えても無駄だぞ?」

「人を犯罪者みたいに言うなよっ」

　思わずカッとなって言い返すと、彼は唇の両端を上げて嫌味な笑みを浮かべる。こちらの神経を、わざと逆撫《さかな》でしているのだろうか。

　ふくれ面をしながら渋々と携帯の番号を伝えると、瑛介は口の中で二回ナンバーを諳《そらん》じた。腹が立つことに、まるで宝くじの当選番号でも口ずさむような浮かれた節がついている。樹人がますます眉《まゆ》をひそめていると、彼は意味深な口調でゆっくりと言った。

「再会が、楽しみだよ」

「………」

「じゃ、またな」

　一方的に話を終わらせ、そのまま悠々と車へ戻っていく。完全に相手のペースにはまってしまった樹人は、怒りを込めてその背中を睨みつけた。

(畜生っ。俺がガキだからって、こんなくたびれた名刺を寄越しやがって。あの野郎、人をバカにするのも…バカに…)

そこで、樹人は「あれ？」と思う。

(荒木って…確かどっかで……)

そうだ。ごくごく最近、自分はその名前を聞いた覚えがある。あれは、確か……――。

「あ…！」

驚きのあまり、自然と声が出た。

「まさか、さっきのポスターの…」

俄《にわ》かには信じられなくて、急いで貰《もら》った名刺を見直してみる。肩書きには、間違いなく『フォトグラファー』と印刷がされていた。

「嘘…だろ……」

呆然《ぼうぜん》としながら、樹人は再び顔を上げる。

「あいつ…紀里谷晃吏を、撮った奴だ……」

追いかけていって、本人かどうか確かめたい。思わずそんな衝動にかられたが、気後れしてしまった樹人はとうとうその場から動くことができなかった。

瑛介の車が、みるみるうちに遠ざかっていく。

「再会が楽しみだ」と呟いた声が、樹人の耳に鮮やかに蘇《よみがえ》っていた。

「なんで、振ったりしたのさ?」

翌日の朝。樹人が教室に入るなり、平間が背後からいきなり羽交い締めにしてきた。

「ちょ、おい、平間っ」

「けっこう、可愛い子だったのに。ま、上等とは言えないまでもさ。でも…」

「いいから、腕を放せよっ」

「そりゃ、勝手に携帯の番号を教えたのは悪かったよ?　けど、ああでもしないとさ」

「………」

「ん?　怒ってんの、樹人?」

「おまえ…荒木瑛介って知ってるか?」

唐突に関係ない名前を出されて、明らかに平間は白けたようだ。樹人からパッと腕を放すと、僅《わず》かに探るような目つきになった。

「いきなりだね。女の子より、男の子の方が良くなっちゃった?　それならそうと…」

「ふざけないで、さっさと教えてくれよ」

「まぁ、そう急《せ》かさないで」

手近な机に遠慮なく腰かけ、平間は少しの間黙り込む。同時に柔らかな印象の整った顔立ちが、鋭く引き締まった。もし、昨日瑛介と出会ったのが平間だったら、確実に対応が違っていただろうと思わせるルックスだ。答えを待っている間に、なんだか樹人はため息をつきたくなってきてしまった。

「何、浮かない顔してんの。その荒木ナントカってのと揉《も》めた？　まさかね？」

「…その、まさかだよ」

樹人は昨日起こったアクシデントをかいつまんで説明し、相手からの連絡待ちであることを憂鬱《ゆううつ》な面持ちで打ち明ける。平間は難しい顔をして話を聞いていたが、予鈴が鳴り出すのを恐れてか少々早口で答えた。

「まず、最初の質問の答え。荒木瑛介は、樹人が思っている通り、『３－ＧＯ』のポスターを撮った人物だ。ファッションフォトでは無名なんだけど、業界じゃ大抜擢《だいばってき》だって大騒ぎになったらしいから」

「…てことは、まだ新人なんだ」

「その通り。おまけに、もともと風景専門で人間を撮るカメラマンじゃない。なんでも、紀里谷晃吏が指名したらしいね」

それでか…と、樹人はようやく納得がいった。あの写真の晃吏があんなに自然に笑っていたのは、彼と知り合いだったからなのだ。

疑問が解けてスッキリしたところへ、平間がさりげなく爆弾を落とした。

「実は、二人はデキてるって話もある」

「えっ？」

「モデルにはゲイが多いから、そう珍しくもないネタなんじゃない。紀里谷晃吏がそうかは知らないけど、今まで浮いた噂がない人だからねぇ。そのせいかどうか、あのポスターはかなり評判がいいし。撮影現場でも、彼らはずいぶん親密だったという話だよ」

「じゃ、昨日の女の人は…？」

「さぁね。でも、恋人同士って確信があったわけでもないんでしょ。荒木がバイなのか、女が紀里谷との噂を聞いて怒ったか…」

「平間…おまえ、よくそんなことまで…」

毎度のことながら、この飄々《ひょうひょう》とした友人はどこでこういう下世話な噂を入手してくるのだろう。樹人がつくづく感心していると、平間はすかさず「昨日のお節介、これでチャラだよね？」と言ってにこやかに笑った。

（なんだか、次にあいつに会った時、絶対変な顔しちゃいそうだよなぁ）

授業中、樹人はそんなことを考えては一人で心を重くしていた。なまじ平間から余計な情報を仕入れてしまったため、どうしても瑛介と晃吏がワンセットで頭に浮かんでしまう。どちらも男前だし絵的に抵抗は感じないが、平凡な一高校生には少々刺激の強すぎる話だ。

（やっぱり、彼女もそれで怒ったんだな）

恋人を異性に奪《と》られるほど、屈辱的なことはないだろう。まして、相手はトップモデルだし、はっきり言って超のつく美形だ。

（…ったく、乱れた世界だよなぁ）

すっかり二人を『デキてる』関係に仕立て上げ、樹人は呆れ顔で毒づいた。

呼び出された場所は、庭園の美しさで有名なFホテルのティーラウンジだった。初夏を知らせるクチナシや色づき始めたアジサイが濃い緑の中に顔を出す様を、窓際に落ち着いた樹人は見るともなしに眺める。瑛介との最悪の出会いから、今日で一週間が過ぎていた。

「人を呼んでおいて、遅刻すんなよ…」

場違いな制服姿が居たたまれず、樹人はどんどん不機嫌になっていく。校門を出たところでちょうど携帯が鳴り、そのまま急いで駆けつけたのだ。少しは、その誠意を汲《く》み取ってもらいたかった。

「とにかく、なんとしても弁償の件は無しにしてもらわないとな！」

そう呟いてから、決意も新たにカップの紅茶をグイッと飲み干す。子どもだと思ってなめられないよう、今日は気合いを入れて話し合いに臨むつもりだった。

連絡が来るまでの一週間、樹人だって何もボンヤリと過ごしていたわけではない。新宿《しんじゅく》でカメラショップを何軒も回り、レンズの相場を調べたりしていたのだ。だが、その結果わかったのは、貯金もない高校生が払うにはあまりに高価すぎるという悲しい現実だった。

「それにしても…遅すぎるじゃん」

ちらりと見た腕時計は、すでに約束の時間を三十分もオーバーしている。緊張と不安が入り混じり、決意とは裏腹に樹人は段々と落ち着きを失っていった。

「おまえ、いつ見てもブスくれてんな」

「へ……」

不意に頭上から声がかけられ、樹人は間の抜けた返事を返してしまう。無精髭こそ綺麗に剃《そ》られていたが、見上げた先に忘れもしない荒木瑛介の癖の強い笑顔があった。

「待たせて悪かったな。ちょっと、前の仕事がおしたもんで。なんだ、怒ってんのかよ」

「べ、別に。怒ってなんかいません！」

慌てて表情を取り繕い、樹人はなんとか隙を見せまいと努力する。弁償が無理な以上、自分が責任を負うのは不当である旨《むね》を納得してもらうしかない。それには、感情的になっていては駄目なのだ。

そんな樹人の覚悟を知ってか知らずか、瑛介は正面の一人掛けソファへ座ると、近くにいたウェイターへエスプレッソを注文する。よくここを利用しているのか、薄手のジップアップブルゾンに縦落ちのジーンズというラフな形《なり》の割りには一流ホテル独特の瀟洒《しょうしゃ》な雰囲気にも呑《の》まれず、寛いだ表情を見せていた。

「――あ!」

「なんだ、宿題でも思い出したか?」

「それ、『3－GO』のブルゾンだ…」

樹人が思わず指摘すると、何を思ったのか瑛介はさも可笑《おか》しそうに笑い出す。彼が肩を震わせている間にエスプレッソが運ばれ、樹人は憮然《ぶぜん》としたまま再び口を閉じた。

「今日は、時間あるのか?」

ようやく笑いを止め、瑛介が尋ねてくる。樹人が黙って頷《うなず》くと、彼は砂糖を落とさずにいっきに小さなカップを傾けると、「じゃ、行こうか」といきなり立ち上がった。

「い、行くってどこへ…?」

これから本題へ入るという時に、一体何を言い出すのだろう。そんな思いでいっぱいの樹人を見て、瑛介は軽く眉をひそめた。

「なんだよ? 何か不都合でもあんのか?」

「不都合っていうか、その、俺は今日は話し合いに来たわけで…だから…」

「おいおい。俺が、なんのためにエスプレッソ頼んだと思ってるんだよ。時間、ないんだ。そっちの話は、車の中で聞くから」

「そんなムチャクチャな…」

こちらの思惑など綺麗に無視すると、伝票を持った瑛介はさっさと先に歩いていく。仕方なくその後を追いつつ、樹人は胸の中でさんざん文句を並べ立てていた。

(こいつ、何様のつもりだよっ。遅刻してきた挙句、ろくに話も聞かないで席を立つなんて、どこまで非常識な奴なんだっ)

思えば、瑛介は初対面の時から強引でワンマンな態度だった。もともとカメラを持ち出したのは澪子という女性なのに樹人ばかりを悪者にして、言い訳の一つすらさせてくれない。おまけに、今度は行き先も告げずに樹人を連れ出そうとしている。

(ホモで、カメラマンだったりするくらいだもんな。どうせ、ろくな人間じゃないんだ)

偏見バリバリな感想を漏らしつつ、奢《おご》ってもらったお礼を言うのも忘れ、気がつけば瑛介の車に乗っている樹人だった。

「煙草《たばこ》、いいか？」

長い沈黙に耐えかねて再度行き先を尋ねようとすると、先に瑛介が口を開く。樹人が無愛想に頷くと、彼は片手で器用にハンドルを操りながらマルボロを一本口に咥《くわ》えた。

「…そんなに警戒しなくても」

話しながら、瑛介は煙草に火をつける。

「大丈夫。男を攫《さら》う趣味はないよ」

「俺が女だったら、車に乗ったりしません」

「女子高生は、もっと趣味じゃない」

「…………」

一瞬、樹人の脳裏に晃吏の顔が浮かんだが、噂の真相など知りたくもなかったので黙っていた。すると、突然瑛介が「髪は、真っ黒なショートカット」と呟く。なんのことかと横顔を見つめると、「黒目が大きくて、口角がキュッと上がったあどけない顔」と続いた。

「あの、何を…？」

「清楚《せいそ》で可憐だけど、元気もいい。そういうの、おまえのタイプだろ？　この間、逆ナンしてきたコギャル系とは正反対な？」

「み、見てたのかよっ」

「嫌でも、視界には入ったな。意見が合うよ。俺も、ああいうのは趣味じゃない」

樹人が呆れてものも言えずにいると、車はそれから十分ほど走った後、高級住宅街の一角で静かに止まった。

エンジンを切った瑛介は吸いかけの煙草を灰皿に捨て、ようやくまともに樹人へ顔を向ける。考えてみれば、お互いの目を見て話をするのは今が初めてだった。

「この先に、俺の事務所がある」

「は？」

何を言い出すのかと構えていた樹人は、またもや話が見えなくて困惑する。だが、大真面目にこちらを見つめ返した瑛介は、煙草の残り香と共に唇を神妙に動かした。

「カメラは、修理に出したよ。見積りで、三十万近くかかりそうだ。ボディはともかく、レンズは買い替えなきゃならないし」

「さ…三十万……」

「無理だろう？」

まるで、その方が良かったとでも言いたげな口調だ。ムッとはしたものの、確かに樹人一人ではどうにもできない金額だった。

「そこで、ものは相談だ」

「相談…？」

「ああ。おまえ、俺の仕事わかってるよな。名刺、あげたんだから」

「カメラマン…ですよね…」

「うん、そう」

肯定の笑みを浮かべた顔は、彼の食えない印象を僅かながら和らげてくれる。だが、樹人は安心できなかった。車中で少し話しただけでも、瑛介が観察眼の鋭い人間なのはよくわかったからだ。恐らく、彼は他人の弱みにつけ込むのも抜群に上手《うま》い筈だ。

改めて居住まいをただし、樹人は正面から切り返した。

「仕事道具だから、何か補償しろとかそういうことが言いたいんですか？　だったら…」

「ま、そうつっかかんなよ。藤代くんにとって、そんなに悪い話じゃない。手っ取り早く言えば、金はいらないよ」

「え……？」

「その代わり、しばらく俺のアシスタントについてほしいんだ。俺、独立したばかりだし、雑用係がいるとかなり助かるんだよ」

「雑用係…」

　あまりに意外な申し出に、強張っていた肩からへなへなと力が抜けていく。先日の瑛介の態度から、絶対に金銭の要求をされると思い込んでいたので尚更だった。

「だけど…それなら、さっきそう話してくれればいいのに…。何も、こんなとこまで」

「おまえは、必ず引き受けると思って」

「………」

「何も、ずっと働けって言ってるわけじゃない。素人の高校生が大して使えないってことくらい、俺だって承知してるしな。でも、選択の余地はないだろう？　学校に支障をきたさない程度でいい。しばらく雑用をこなしてくれれば、それで解放してやるよ」

　ずいぶん偉そうな言い草だったが、確かに自分が役に立つとは思えない。それでも雇いたいというからには、相当な人手不足なんだろう。いわゆる、〝猫の手〟ってヤツだ。

「本当に…それでいいんですか」

気がついたら、そう問い返していた。

「俺、カメラとか全然わかんないけど…」

「かまわないよ。これからの藤代くんの数ヵ月を、全部俺にくれるんならね」

「じゃ、いいです。引き受けます」

樹人は、即答した。どちらにせよ、瑛介が言った通り断れる道理がない。初めは弁償責任そのものを免れるつもりだったが、恐らく瑛介を説得するのは難しいだろう。それなら、肉体労働でさっさとカタをつけた方が変にこじれなくていいかもしれない。

（カメラマンの…アシスタントかぁ…）

こっそりと、胸でそう呟いてみる。満更、それは悪くない響きだった。それに、正直に言えば少しだけ瑛介自身にも興味が湧いていたのだ。さらりと樹人の好みを言い当てた彼が、他にはどんな確かな『目』を持っているのか樹人は知りたくなっていた。

（この際、おかしな噂には目をつぶるさ）

万一瑛介が本当にホモだとしても、間違っても凡庸《ぼんよう》なガキに触手など動かすまい。その点だけは、樹人も自信がある。

「それじゃ、とりあえず事務所についておいで。いろいろ、仕事の説明をするから」

思いがけず樹人の返事が早かったので、瑛介はいくぶん驚いたようだ。けれど、気が変わってはまずいと思ったのか、すぐに樹人へついてくるようにと促した。

　こうして、奇妙な成り行きから樹人のアルバイトが始まったのだった。


　瑛介の事務所から帰った後、樹人は速攻で平間へ連絡を入れた。話を聞いて興味を示した彼が駅まで迎えに来たので、二人はそのまま近くのハンバーガーショップに入る。だが、興奮しているせいか樹人の頭の中はまだ未整理のままだった。

「ともかく、明日から放課後の樹人は荒木事務所へ直行ってわけだ。おめでとう」

「だけど、俺本当にカメラなんか全然わかんないんだぞ？　第一、借金のカタに働くようなもんなんだし…」

「…とか言いつつ、それほど嫌そうにも見えないけど？　ん？」

　パンからはみ出したピクルスを指先でつまみ、平間は優雅に口へ放り込む。毎度のことながら、樹人は（なんで、俺とこいつって仲いいんだろう）と不思議な気持ちになった。

「…実は、少しわくわくしてたりもするよ」

「わくわく？」

「うん。俺、今まで部活とかも入ってなかったし。彼女もいなくて、これといって放課後に時間潰《つぶ》す用事なかっただろ？　そういう毎日に、ちょっとだけ退屈してたっていうか」

「ああ。それ、わかる気がする」

日替わりでいろんな女の子とデートしている平間に言われてもあんまり信用できなかったが、かまわず樹人は話し続けた。

「だからさ、なんか変わるかなって。まだ、よくわかんないんだけど。荒木瑛介も、何考えてるのか今いち謎な男だし」

「くれぐれも、食われちゃわないようにね」

「バカ言うなよ。なんで、俺が」

平間の忠告を笑い飛ばして、樹人はチーズバーガーにぱくつく。当然だが、事務所や帰りの車でも瑛介とはずっと二人きりだったが、おかしな雰囲気には一度もならなかった。彼は淡々と仕事の説明をし、たまに樹人をからかうような口をきいただけだ。だから、樹人も妙な噂など頭から追い払ってアルバイトに専念できそうだと安心していた。

「それが、危ないんだって」

平間にしては珍しく、念を押してくる。

「樹人は、自分をよくわかってないね」

「どういう意味だよ？」

「う〜ん。俺としては、そのままわからないでいてほしいから言わない。それより、いずれ仕事場を見学させてよ。興味あるから」

「…うん。慣れてきたらな」

親友の不可解な言葉に首を傾げつつ、樹人はのろのろとコーラに口をつけた。

最初に平間が説明した通り、瑛介は人物を専門に撮るカメラマンではなかった。

昨年まで師事していた安藤《あんどう》という著名なカメラマンが樹木をテーマにした自然派ということもあり、彼もずっと風景をメインに撮り続けていたらしい。だが、独立したばかりで仕事を選んでいられず、おまけに晃吏と組んだ仕事が好評だったせいもあって、その手のファッションフォトの依頼がどんどん増え続けていると言う。初めは気乗りがしなかった瑛介も、幾つか撮影をこなしているうちに楽しみを見出したようで、とりあえず新境地開拓のつもりで頑張っているのだそうだ。

「…それで、雑用係か」

初日から重い荷物を持たされ、有無を言わさずスタジオまで連れていかれた樹人は、今しみじみと納得する思いで呟いている。

照明のセッティングやセットの用意などは、樹人が心配するまでもなく別のアシスタントがちゃんと待機していた。樹人の仕事はモデルとスタッフの連絡係の他、皆の食事の手配や買い物などがメインだ。

「樹人！　黄色いバラ、三十本！」

瑛介のその一言で花屋へ駆け込んでバラを買い占め、色が気に入らないと怒られては別の店へ走らされる。領収書を貰い損ね、慌てて舞い戻ったりもした。

「樹人！　音楽替えろ！」

撮影の雰囲気作りに流すBGMも、瑛介の気分でコロコロ変わる。それも、指定がアバウトなため、対応するのが一苦労だった。

「だって、〝お経みたいなテクノ〟とか言われて、パッとわかるわけないいじゃん…」

「まぁまぁ。あらかじめ撮影内容を頭に入れておけば、必要なCDは前もって用意できるようになるさ。大丈夫だって」

僅か数時間の間に何度も怒鳴られてがっくりきている樹人へ、篠山《しのやま》という青年が慰めの言葉をかけてくれる。彼は斬新《ざんしん》な企画でヒットを飛ばし、今や業界でも注目株の『ドックス』という広告代理店の社員で、『3－GO』の後から『荒木番』になったという。

代理店の人間も現場ではすることがなく手持ち無沙汰《ぶさた》なため、篠山は素人の樹人に親近感を抱いてくれたらしい。ヒマをみては、あれこれアドバイスをくれたりした。

「そういえば、俺、篠山さんの会社知ってますよ。最近話題のCMは、大抵手がけてますよね？　この間、雑誌に紹介されてたし」

「あ、知ってる？　まぁ、ようやく業界で五本の指に食い込んできたってとこかな。とか言って、俺は単なるコネ入社なんだけど」

「あ…そうなんですか……」

「社長のドラ息子だから」

にっこり無邪気に微笑《ほほえ》まれて、生真面目な樹人は返事ができなくなる。瑛介と同じ二十五歳だと聞いた時、業界はこんなに若い人ばかりが活躍しているのかと感心したが、全てが実力者ばかりでもないらしい。

「初日から怒鳴られてばっかりで、まいっただろう？　まぁ、許してあげて。荒木くん、まだモデル使った仕事に慣れてないんだ。だから、どうしても気が立つんだよ」

「荒木さんとは、親しいんですか？」

「俺、彼のファンなんだ。前に、個展で彼の風景写真見たことがあって。それから」

「…でも、そんなに気が立つくらいなら好きな風景だけ撮ればいいのに…」

「仕事だから、そうもいかないさ。それに、『3－GO』の仕事が当たったからなぁ」

「あれは、紀里谷晃吏の紹介だから引き受けたんでしょう？　二人は仲がいいって…」

樹人がそう言うと、篠山はあからさまに驚いた顔になった。

「樹人くん…だっけ。よく知ってるね、そんなこと。その話、誰から聞いたの？」

「え…学校の友達ですけど」

「友達…？　へぇ、やっぱり最近の高校生の情報網はバカにできないなぁ」

しきりに感心している篠山をよそに、樹人は撮影にいそしむ瑛介の姿をちらりと見る。彼は概《おおむ》ね無言でシャッターを切り続けていたが、たまにモデルへ注文をつける時も普段と変わらないつっけんどんな口調だった。当然、愛想やお世辞など口にする気配すらない。樹人の視線に気づいた篠山が、隣で苦笑混じりに感想を漏らした。

「…腕はいいんだけど、あれじゃモデルさんも戸惑うよねぇ。彼女たちは、ちやほやされてなんぼの商売なんだから」

「でも、悪い雰囲気じゃないですよね」

「そりゃ、荒木くんが男前だからだよ」

自信たっぷりに言い切られ、今度は樹人が驚く番だった。

「そういうのって、関係あるんですか？」

「多少はね。カメラマンとモデルなんて、撮影中は疑似恋愛してるようなもんだし。お互い、好意を持ってる方がいい写真は撮れるんじゃない？　第一、いい男にあれだけ見つめられて、ノらないモデルもいないでしょう」

「………」

「荒木くんは、口を動かさない分かなり入れ込んで撮るしね。最初は勝手が違うって顔をしてたモデルたちも、段々と彼の熱に引きずられていくから見ていて面白いよ」

確かに、瑛介の口調はぶっきらぼうだが横暴ではないし、熱中するあまり続く沈黙もそう居心地の悪いものではない。おまけに、篠山が言った通りモデルの女性たちは、瑛介にぞんざいに扱われれば扱われるほど生き生きとしてくるのだ。

「ほらね？　同じ人間なのに、組んだ相手でまったく顔が違っちゃうんだからなぁ」

「本当だ……」

ほとんど途切れず続くシャッターの音と、ワンカットごとに微妙に表情を変えていくモデルたち。そこに具体的な会話はなくても、彼らの間にははっきりと意思のキャッチボールがある。撮影が進むうちにテンションは次第に上がっていき、空気の色さえ明らかに違っていくのがわかった。樹人は、生まれて初めて虚構の息づかいを目の当《ま》たりにし、一瞬が永遠へ変化していく様を実際に肌で感じ取る。

（なんか…ぞくぞくする……）

現場の緊張が頂点に達し、樹人の全身が思わず総毛立った。たとえ背中しか見えなくても、瑛介がどんな表情をしているのかはっきりと伝わってくる。それは、樹人がまだ知らない大人の男の顔だった。

「樹人！　ＣＤ頭からっつってんだろっ！」

無粋な怒鳴り声で現実へ引き戻されるまで、樹人はただ瑛介に圧倒されていた——。

「食わないのかよ？」

カウンターの隣から、瑛介の無遠慮な声がかけられる。目の前のどんぶりからは、美味《うま》そうな湯気がうっすらと立ち上っていた。

「なんだよ、奢り甲斐《がい》のない奴だな。ここのネギラーメン、絶品なんだぞ」

「…あ。い、いただきます」

慌てて割り箸《ばし》を手に取り、樹人はラーメンを食べ始める。だが、頭の半分がまだボーッとしているせいか、ちゃんと味わう心の余裕などまるでなくなっていた。

ぎこちなく箸を動かす様子を横目で眺め、瑛介は怪訝《けげん》そうな顔をしている。だが、じきに興味を失ったのか、自分の食事へさっさと戻ってしまった。

アシスタント初日をねぎらって、瑛介が行きつけのラーメン屋へ連れてきてくれたのは、もう夜も九時近くなっていた。一応、樹人は両親からバイトの許可はもらってあるが、事情を説明するのは面倒なので学校の近くのコンビニということにしてしまっている。そうとは知らない瑛介が遅くなった詫《わ》びの電話を入れようとしたので、「お腹が空いて、一刻の猶予《ゆうよ》もならない」と言ってその場をごまかしたのだ。それなのに、樹人の食が一向に進まないため、二人の間を妙に白けた空気が流れてしまっていた。

「…おまえさ」

心ゆくまで残りのスープを堪能し、再び瑛介が口を開いたのは、店へ入ってから二十分も過ぎた頃だった。

「もしかして、篠山の方について行きたかったのか？　麻布《あざぶ》のオリジナル懐石料理に？」

「え？」

「やめとけって。あんなの、メシ食った気にならないから。どれも、一口で終わりだぞ」

撮影終了後に、篠山は食事でも…と誘ってくれたのだが、瑛介がそれを断ったのでモデルの女の子とヘアメイクの数人を連れていったようだ。確かに、カウンターのみのショボいラーメン屋に男二人でいるよりは、遥《はる》かに魅力的なメンツではある。

だが、樹人は即座に首を振った。

「違いますよ。懐石料理とか、そういうの苦手だし。そうじゃなくて、なんか…身体がざわざわして落ち着かないって言うか…」

「ふぅん？　俺、もしかして誘われてる？」

「…そういう意味じゃなくて」

「いや、真面目に答えなくてもいいんだけど。ほら、すぐにムッとするなって」

「これは、地顔なんですっ。だから、俺が言いたいのは…畜生、頭がまわんないや…」

「減らず口は、いくらでも叩《たた》けるくせにな」

ニヤニヤ笑いながら意地悪な口をきき、瑛介は勝手に樹人のどんぶりからチャーシューを奪い取る。あっと思った樹人が睨みつけると、「グズグズしてるからだよ」と軽くいなされてしまった。

「ま、いいじゃないか。仕事の雰囲気は、なんとなく摑《つか》めてきたみたいだし。慣れてくれば、もう少しマシになるだろ。なぁ？」

「なぁ…って言われても…。そういえば、今日はなんの撮影だったんですか？」

「篠山と話してたのに、聞いてないのか？　新しいサブカル誌の創刊広告だよ。これから、CGでいじるんだ。そっちは、俺の仕事じゃないけどね。人工的なのは、どうもな」

「…篠山さんは、『３－ＧＯ』の仕事が当たったからいろいろやらないとって言ってたけど」

これ以上具を取られないようにと腕でガードをしながら、樹人は言った。

「本当は風景を撮るのが好きなのに、なんで得意じゃないこと引き受けるんですか？」

「おまえ、年下のくせに口に遠慮がないな」

「荒木さんだって、俺のチャーシュー奪ったじゃないですか」

すかさず言い返すと、瑛介は苦笑いを浮かべながらふっと視線を横へずらした。

「…早い話が、意地みたいなもんかな」

「意地？」

「おまえ、『３－ＧＯ』の仕事をなんで畑違いの俺が手がけたか知ってるか？」

「噂では…」

「なら、話が早いな。紀里谷と俺は、高校時代からの付き合いなんだよ。あいつが、モデルを始める前からよく知ってる。もちろん、コネだけで取れるようなチャチな仕事じゃなかったけど、紀里谷の笑顔を撮るなら俺が最適だろうって読みは周囲にもあったんだ」

それは、樹人にも納得のいく話だった。事実、『3－GO』のポスターを初めて目にした時、一体誰が撮ったのかと興味を湧かせるほど晃吏は魅力的だったのだ。

(それなら…別に、〝デキてる〟ってわけでもないのかなぁ…でもなぁ……)

樹人の疑惑の眼差しには気づかないのか、瑛介は淡々と話の先を続けた。

「残念ながら、世間はそう見てくれない」

「え？」

「要するに、俺が同じジャンルでそれなりの結果を出さないことには、いつまでも周囲からコネ呼ばわりされるじゃないか」

「荒木さんって…」

「なんだよ？」

「めちゃくちゃ負けず嫌い？」

まるで自分を見るような気持ちになり、樹人の唇から無意識にそんな言葉が零れ出た。

ところが、樹人の一言は意外にも的を射ていたらしい。何かしらリアクションを返すかと思っていたのに、瑛介は落ち着きなく煙草を取り出すと、そのままブスッと黙り込んでしまう。決まり悪げに歪《ゆが》んだ横顔は、先刻まで真剣にシャッターを切り続けていた男と同一人物とはとても信じられなかった。

（なんか…変な人だよなぁ）

撮る側の人間にも拘《かかわ》らず、瑛介は幾つもの顔を持っているようだ。初対面では薄情に見えた態度も、今となっては単に不器用なだけではないかという気もしてくる。

言葉が足らない。愛想笑いが作れない。

たったそれだけでも、社会を円滑に生きていくのは五割増し大変になる。学生の樹人ですら日々それを痛感しているのに、むしろ瑛介はそれらを強みに変えて仕事をしているのだ。もちろん、才能があってこそ許されることなのだろうが、その姿勢は尊敬に値すると素直に樹人は思った。

「…食い終わったのか？」

「へ？」

「だから、メシだよ！」

不必要に乱暴な口調で、瑛介は苛々《いらいら》と指に挟んだ煙草を上下に振り回す。（ああ、そうか…）と、樹人はそこでやっと理解した。彼は、樹人の食事が済むまで煙草を吸うのを遠慮してくれていたのだ。

（なんだか、この人って…）

かなり、可愛い人なのかも。

同じ男で、しかも八歳も年上の相手に使うべき言葉ではなかったが、他に形容すべき単語が見つからない。返事も忘れて樹人がそんなことを考えていると、続いて瑛介はややおとなしめな声音を出してきた。

「なんだよ？　なんか怒ってんのか？」

「…違います」

ただ黙っているだけで、大抵の他人からこう尋ねられる。いつもならムッとするところだが、何故だか瑛介に言われるとそう不快でもないのが不思議だった。

先日平間に語ったように、もしかしたら平凡だった毎日に大きな変化が訪れるかもしれない。そんな淡い期待が、瑛介の隣にいるだけでゆっくりと確信へ変わっていく。初めて経験する奇妙なこそばゆさにどんな顔をしていいかわからない樹人は、結局ますます表情を強張らせてしまうのだった。


目の前の竹林が、強風に煽られて猛々しく揺らいでいる。力強いがどこか寒々しい景色に、樹人は先刻から目を奪われていた。

「樹人、ポカリとコーヒー買ってこい」

ボンヤリと佇《たたず》んでいたら、後頭部を軽く叩かれる。今がバイト中なのを思い出し、樹人は慌てて後ろの瑛介を振り返った。

「黄純《きずみ》の分もな。あ、彼女はミネラルウォーターしか飲まないぞ」

「…わかってますよ」

「素直に〝はい〞って言えないのか、おまえは。…ったく、可愛くねぇなぁ」

相変わらずの憎まれ口だが、樹人もいちいちムッとはしていられない。バイトを始めて一週間、毎日お呼びがかかっているせいでだいぶ彼の口の悪さにも慣れてきた。

「あ、樹人」

早速コンビニへ向かおうとした樹人へ、瑛介がついでのように声をかける。

「黄純はお姫様体質だから、受け答えには気をつけろよ。機嫌を損ねると後が面倒だ」

「はい」

今度は素直に頷いてみせたが、瑛介はさっさと視線を逸《そ》らしてしまったので、なんだか損をしたような気持ちだった。

週末の今日は、初めて経験するロケ撮影だ。おまけにモデルはタレントとしても活躍中の黄純なので、樹人の機嫌は決して悪くなかった。自分が人気モデルと一緒に仕事する姿なんて、想像もしていなかったことだ。だが、何より嬉《うれ》しかったのは、スタジオにいる時よりも瑛介が生き生きとしていることだった。

黄純が身支度を整えている間、瑛介は珍しく煙草も吸わずに周囲の景色をじっくりと眺めている。撮影用に借りた竹林は鎌倉《かまくら》に住む富豪の私有地で、葉ずれが一斉に起きるたびに空が揺さぶられているようだった。そんな群生の前にキャンプ用の椅子を出して、彼は気持ちよさそうに目を閉じている。樹人の目には、瑛介の表情が風にしなる青竹の風情とどこか重なって見えた。

(悔しいけど…やっぱ、カッコいいかも…)

まるで、自分がシャッターを切るような気分で彼を見つめていることに気づき、樹人は我知らず赤くなった。

「樹人？　何、ボーッとしてんだよ」

「あ、その…い、行ってきますっ」

不本意な呟きを悟られたら、また何を言われるかわからない。樹人は急いで回れ右をすると、飲み物を買いに走った。

両手にコンビニの袋を下げて樹人がロケバスまで戻ってくると、ちょうど待っていたかのように黄純のマネージャーの水城《みずき》が寄ってきた。三十代半ばの女性で、元は女優だったというだけあってなかなか綺麗な人だ。

「ああ、良かった。水、あるわよね？」

「は…はい。買ってきてあります」

「ごめんなさいね、使っちゃって。本当は、ウチの付き人がやる仕事なんだけど。黄純が先日

クビにしたばっかりで…」

「水城さんっ！　お水、どうしたのよっ！」

車の中からカン高い声がして、黄純がちらりと顔を出した。

「さっきから、喉痛《のど》いって言ってるでしょ。早く、お水持ってきてよっ」

「はいはい、今行くわよ」

「ちょっと待って。それ…日本のじゃない」

水城が手にしたボトルは、確かに日本の銘柄だ。特に指定もされなかったので樹人は適当に安いのを選んできたのだが、黄純は再び不機嫌な声を出した。

「冗談じゃないわ。私はね、エビアンかボルヴィックしか飲まないのっ」

「仕方ないじゃない。我慢してよ」

「嫌よっ。いつものじゃないと、調子が出ないんだから！　大体、マネージャーだったら、もっとタレントに気を遣ったらどうなのっ。まぁ、そういう頭があったら落ちぶれて引退なんてしなかったかもしれないけどね！」

「おまえなぁ…」

あんまり腹が立ったので、意識するより先に樹人はロケバスへ詰め寄っていた。

「いくら気に入らないからって、もう少し言い方があるだろうっ。大体、そんなに飲みたいなら自分で買ってこいよっ」

「な、何よ、あんた…」

「自分よか目上の人間に、顎で偉そうに指図しやがってっ。そのゴテゴテした格好で、コンビニ行けるもんなら行ってみろっ」

「なんですって…」

いきなり見知らぬ男の子から怒鳴られ、黄純は怒るより先に呆気《あっけ》に取られている。雑用専門のスタッフなんて目にも入っていなかったから、まさか直接文句を言われるとは夢にも思っていなかったのだ。水城に至っては、二人の間で顔面蒼白《そうはく》になっていた。

車の中と外で、二人はしばらく睨み合う。重苦しい沈黙を破ったのは、いつの間にか側にきていた瑛介だった。

「どうした？　空気が重いぞ」

「荒木さん。誰よ、この子」

ハッと我に返った黄純が、早速彼に食ってかかる。この子呼ばわりされた樹人は、反射的にまた前へ出ようとした。けれど、一瞬早く瑛介が左腕で引き寄せたため、それ以上車へ近寄れなくなる。腕一本で樹人の動きを封じながら、瑛介は平然とした口調で言った。

「——黄純ちゃん」

「な…何よ？」

「水城さんに聞いたけど、今日のラッキーカラーはアプリコットオレンジなんだろ？」

「ええ…そうだけど…」

「じゃ、メイクもそれで行くから。悪いけど、メイクさんに直してもらって。速攻で」

「いいの？　でも、服がブルーだから合わないって最初に言われて…」

「それなら、服を替える。主役は黄純ちゃんだ。君が、より綺麗に撮れた方がいい」

大真面目な顔で言われただけに、信憑性《しんぴょうせい》があったのだろう。黄純はあっさり機嫌を直すと、大慌てでメイクの人間を呼び出した。水城がホッとした様子で瑛介に会釈をし、急いで車に乗り込んでいく。スライド式のドアがバタンと閉じられた途端、樹人を縛《いまし》めていた腕からスッと力が抜けていった。

「…バカか、おまえは」

同時にドンと背中を突き飛ばされ、樹人は怒りに燃える瞳で瑛介を見返す。だが、まったく意に介した様子もなく、ため息をつかれてしまった。

「樹人、今日の撮影を潰す気か？」

「だって、あいつが…」

「ま、その気概だけは買ってやる」

見れば、瑛介は笑っている。それも、いつも見慣れている皮肉っぽい笑みではなく、心の底から面白がっている顔だった。

「普通、相手が有名人だってだけで気後れして、咄嗟にあんな悪態はつけないもんだ。おまえの怒りは、きっと脊髄《せきずい》反射だな」

「う…うるさいよっ」

「でも、二度目はなしだ。できない我慢でもしろ。仕事なんだから」

「………」

「返事は？」

「…努力します」

瑛介と瞳を合わせたまま、樹人は嫌々承知する。その言い草が気に入ったのか、瑛介は先日の樹人のセリフをそのまま返してきた。

「おまえ、めちゃくちゃ負けず嫌い？」


瑛介《ようすけ》の事務所は2LDKのマンションだが、住居も兼ねているためかなり手狭だ。おまけに「人手がない」と言った言葉も本当で、撮影の雑用から資料の整理、果ては電話番まで樹人《たつと》は全て一人でこなさねばならなかった。

「…これ、放課後だけじゃ限界あるよなぁ」

二日前から手がけているフィルムの整理は、とても一人では終わりそうにない量だ。瑛介がマウントしたネガのコマを切り出して、傷をつけないようにカバーをかけてからファイリングする。その手間だけで、あっという間に時間が過ぎていった。

『それなら、俺も手伝おうか？』

ふっと、学校で樹人の愚痴を聞いた平間《ひらま》がそう申し出てくれたのを思い出す。何をやらせても器用にこなす平間なら、きっと手際よく仕事を片付けてくれただろう。

それなのに……――。

「バカだな、俺。どうして、あっさり断ったりしちゃったんだろう…」

自分でも、その理由はよくわからない。ただ、瑛介との繋《つな》がりに第三者が介入してくるのがなんとなく嫌だったのだ。

「…ガキじゃあるまいし」

あまり執着心は強くないと思っていたが、一人前に独占欲でも芽生えていたのだろうか。樹人は一人で苦笑し、それ以上追及するのはやめることにした。

「しっかし、よくこんなの撮るよなぁ」

瑛介から預けられたネガをライトボックスで確認した時、樹人は少なからず驚いた。それは、いずれも廃墟《はいきょ》となった遊園地を撮影したものだったからだ。朽ちかけた観覧車や、ペンキの剝《は》げた回転木馬。世紀末を思わせるその風景は、まるで残酷な童話の挿し絵のようだ。時代も国籍も不明瞭《ふめいりょう》で、ただ時の流れだけが写し込まれた写真は、瑛介の感傷的な一面を樹人へ教えてくれていた。

　この間の屋外ロケの様子を見て、てっきり雄大な自然写真でも撮っているのかと思ったのに、これはけっこうなフェイントだ。そんなことを思いながら仕事を続けていたら、突然積み上げた雑誌の上で電話が鳴り出した。

「はい。荒木《あらき》瑛介事務所です」

『もしもし、篠山《しのやま》ですけどぉ』

「あ、こんにちは。俺、樹人です。あの…荒木さんは、今撮影に出てまして」

『うん、知ってるよ。携帯切ってるから、樹人くんに伝言頼もうと思って。いいかな？』

「もちろんです。待ってください」

　急いで手近のメモ帳を引き寄せ、少し緊張しながらペンを持つ。電話での応対の仕方も、このバイトから学んだものだった。

『実はね、〝ジェット〟の件なんだけど』

「ジェット…ですか？」

『うん。そう言えば、荒木くんにはわかるから。それ、ウチもプレゼン参加が決定したって伝えておいてくれる？　近々、打ち合わせしたいからって。まったく、メールもろくにチェックしないからさ。困っちゃうよ』

　気のせいか、篠山は少し興奮しているようだ。語尾のトーンが上がっているのは、これがよほど大きな仕事だからに違いない。

『ほんと、樹人くんがいて良かったよ。じゃ、間違いなく本人に伝えておいてね』

「はい、わかりました」

『あ…と、そうだ。一応、紀里谷晃吏《きりやこうじ》をおさえてるからって。急な話だけど、彼も荒木くんが撮るなら受けるって言ってるし』

「………」

ドキン、と心臓が音を立てた。篠山に聞こえてしまったのでは、と一瞬本気で心配したほど、それは樹人の全身に響き渡った。

忙しさに紛れてすっかり忘れていたけれど、晃吏と瑛介には不穏な噂もあったのだ。

『実は、二人はデキてるって話もある』

平間の声が、再び耳に蘇《よみがえ》ってきた。だが、あの時と今とでは、受け止める樹人の心はまるきり変わってしまっている。すっかり冷静さを失った樹人は、電話が切れた後もそのまま受話器を握りしめていた。

どうして、こんなに不安になるのか自分でもよくわからない。だけど、晃吏の名前が出た瞬間、一つだけはっきりしたことがあった。

自分と瑛介は、まったく住む世界の違う人間だ。彼は、なんの取り柄もない普通の高校生が親しく付き合える相手ではない。軽口を叩《たた》き、一緒に過ごす時間が増えたせいで、なんとなく錯覚していたに過ぎないのだ。

「それに、俺は単なるバイトだし…」

壊したレンズの代金分働けば、樹人はもう用済みだ。晃吏や平間のように優れた容姿も持たず、普通にしていても不機嫌な顔だと周囲に誤解されるような男の子に、瑛介がなんの興味を持つだろう。

手にした受話器が、どんどん重たくなる。かつてのように瑛介と晃吏の姿がセットで脳裏に浮かび上がったが、樹人はそれをすぐに打ち消した。


瑛介からの連絡は、大抵昼間の間に樹人の携帯へ入ってくる。留守録に吹き込んでいる時もあれば、メールで『△時にどこそこまで来い』と指示してある場合もあった。

「お〜や。今日も愛のメッセージ入りか。よく続くねぇ、樹人も。ほんと、偉いよ」

昼休みに液晶を覗《のぞ》き込んでいたら、後ろから突然平間がひょいと抱きついてきた。前から思っていたのだが、彼はスキンシップが異常に好きな上、人の意表を突くのが抜群に上手《うま》い。こういうところも、女の子にモテる要因かもしれなかった。

「何？　人の顔、ジッと見たりして」

「いや…平間と仲良くなったきっかけって、なんだったかなって思ってさ」

「中学も別だし、性格も正反対だし?」

「うん。でも、おまえって一年でクラスが一緒になった時から、俺になついてきたよな」

自分より背の高い相手に、〝なつく〟とは何事だ。そんな意味を含んだ笑みを浮かべ、平間は興味深そうに両腕を組んだ。

「樹人、なんかあった?」

「え?」

「おまえが、他人の思惑を気にするなんて。今まで俺が一方的にかまってる、いわゆる片思い状態だったのに。ねぇ?」

「お、おかしな言い方、するなよ」

冗談で流すことができず、樹人はあからさまに顔色を変える。平間は軽く笑い声をたてると、意味ありげな様子でまた口を開いた。

「その様子じゃ、まだ荒木氏に食われちゃったわけでもなさそうだけど?」

「あのなぁ、そういう冗談は…」

「カメラマンなんて、遊んでる奴が多いんだから。おまけに、けっこうな男前って話じゃないの。あ、でもダメか。また紀里谷晃吏と組むって噂も、流れてきたし?」

「…平間、本当に情報が早いな」

　心の底から感心して、樹人はまじまじと親友を見返してしまう。帰宅した瑛介に篠山からの伝言を伝えたところ、まだ仕事が残っていたにも拘《かかわ》らず樹人は事務所から追い出されてしまった。出ていく際に瑛介がどこかに電話をかけ、「あ、晃吏か？」と言っていた声は、今でも背中に突き刺さっている。

「なんか、プレゼンがどうとか…」

「じゃ、あの売れっ子を企画段階でもうおさえちゃったんだ。コネのある奴は強いねぇ」

「そういう言い方、やめろよなっ」

　コネで出世したイメージを払拭《ふっしょく》するため、瑛介が意地になって頑張っているのを知っているだけに、つい語気も荒く庇《かば》ってしまう。平間は初め呆気《あっけ》に取られた顔をしたが、すぐにくすくすと笑い出した。

「樹人、やっぱ変わったよ。なぁ、自分でもそう思うんじゃない？　情緒不安定だし、喜怒哀楽は激しいし。おまけに、物思いに耽《ふけ》る顔がけっこう色っぽい」

「…………」

　それって、ものすごく面倒くさい事態って気がする。一瞬、樹人は心の中でそう思ったが、これ以上何か言われたら混乱しそうなのであえて黙っていた。

　携帯の液晶には、瑛介からのメッセージが入っている。『放課後、渋谷《しぶや》のGスタジオまで』という文字が、波乱の予感を含んでちかちか光っていた。

「いいか、そのまま動くなよ」

真剣な顔つきで厳命され、樹人は反論も許されず指定された場所に立ち尽くす。すぐ脇では若いスタッフが、樹人の肩で何度も光度を計っては瑛介のチェックをもらっていた。

スタジオに到着するなり無理やりカメラの前へ立たされた樹人へ、開口一番瑛介が言ったセリフが「動くなよ」だ。周囲では皆が忙しそうに働いているのに、樹人一人だけが全ての動きを封じられて途方に暮れてしまった。

「あのな、いくら慣れてないからってそう情けない顔するな。こっちも、シャッター切る気がしなくなるだろうが」

「だったら、少しくらい説明してくれよっ。なんなんだよ、この騒ぎはっ」

瑛介のあんまりな言い草に、樹人もムキになって言い返す。蛍光灯をセットしていた青年が、ギョッとしたように樹人を見た。

撮影現場で一番偉いのは、言わずもがな瑛介だ。その彼へ嚙《か》みついている姿は、スタッフにも相当大胆に映ったのだろう。

だが、当の瑛介は気にした風もなく、ケロリとした口調で答えた。

「モデルの代理だよ。今、彼女のメイク待ちなんだ。ちょうど身長がおまえくらいだし、背格好も似てるから」

「それなら…そうと…」

「何度も撮影に立ち会ってるんだし、いい加減にそれくらい察しろよ。鈍い奴だな」

時間が惜しいのか、言いたいことを言った後は再びファインダーを覗き込む。瑛介はライティングに好んで蛍光灯を使うのだが、色のメリハリがつきやすいため、どうしても調整に時間がかかるのだ。考えてみれば、これまでにも何回かモデルの代理でスタッフが立ち位置を決めたりはしていたが、自分には関係ないものと樹人は思い込んでいた。

(代理なら…まぁ、しょうがないか)

バシャバシャと遠慮なくシャッターを切られるのには面食らうが、あくまで光やピントの具合を見るためだとわかっているので我慢もできる。それでも、あまりに強引な展開には少々腹も立ててはいた。

瑛介は時折手を休めては、ポラロイドの上がりをジッと眺めている。たまにスタッフを呼びつけて、何やら専門用語で相談したりもしていた。それでも、普段なら十数枚も撮れば終わりなのに、今日はずいぶん粘っているようだ。樹人も次第に疲れてきて、気がつけばかなり目つきが悪くなっているのがわかった。もともと不機嫌だったし、ただ突っ立っているだけで手持ち無沙汰《ぶさた》なのだから無理もない。どうせ代理なんだからと不愉快な顔を隠しもせず、樹人はそのまま臆することなく瑛介を睨《にら》みつけていた。

「…オッケー。休憩にしようか」

「え……」

小一時間もそんな状態が続いた後、瑛介の声音から不意に緊張感が消える。同時に、スタジオ全体にホッとしたような空気が流れ始めた。樹人はますますわけがわからなくなり、その場から動くに動けなくなる。

「どうした？　もう動いてもいいぞ？」

煙草《たばこ》を咥《くわ》えながらゆっくり近づいてくる瑛介を、どんな表情で迎えたらいいのだろう。混乱する頭でそんなことを考え、樹人は唐突に悲しくなってきた。多分、慣れないことを強要されて、神経がひどく高ぶっているせいだ。瑛介の右手が肩に触れた途端、樹人は思い切りそれを払いのけた。

「あんた、俺をからかってんのかよっ」

「からかう？　なんで俺が…」

「だったら、どうしていつまでもモデルが来ないんだよっ。その挙句に休憩だなんて、そんなふざけた話があるもんか！」

「おい、ちょっと落ち着けって」

「俺みたいなの、ずーっと立たせて何がそんなに面白いんだよ？　もう、あんたが何考えてんだか全然わかんねぇよ…」

　まくしたてているうちに、目の端に少しだけ涙が滲《にじ》んでくる。まるで五歳の駄々っ子にでもなった気持ちで、樹人は瑛介の顔をキッと強くねめつけた。

「あ～らら、先生が高校生泣かしてるよ」

　先刻、ライティングを請け負っていた青年が冷やかし半分に声をかけていく。瑛介は口の中で「バカやろ」と毒づくと、いきなり樹人の手を取って歩き出した。

「な、なんだよ。おい、どこ行くんだよっ」

「こんなに人目の多いとこで、素人に泣かれてたまるか。俺はな、自慢じゃないけど仕事中しか他人を泣かせたことはないんだ！」

　スタジオを出て廊下を真っ直ぐ進み、突き当たりの黄色いドアを押し開く。そうしてためらいもせずに非常階段に出た瑛介は、樹人の手を握ったまま後ろを振り返った。

「…ほら。ここなら、ゆっくり話も聞ける」

「別に、話なんか…」

「あ、そう。ま、とりあえず一服するか」

　胸ポケットから携帯用の灰皿を取り出し、瑛介は咥えていた一本を雑にもみ消す。次いですぐに新しい煙草に火をつけたが、あまり美味《うま》そうな顔ではなかった。

「あの…あのさ」

「ん？」

「手…放して欲しいんだけど」

一連の動きを片手でこなす器用さには感心するが、一体いつまで手を繋いでいるつもりなのだろう。樹人の責めるような視線にもめげず、瑛介はただ笑っただけだった。

「あんた、俺の話聞いてるのかよっ？」

「聞いてるよ」

「だったら、早く手を…」

イライラが最高潮に達した樹人だが、生憎《あいにく》と文句を言い終えることはできなかった。

（…え……？）

瑛介が突然顔を傾けて、右目の端に軽く口づけてくる。柔らかな唇の感触に驚く間もなく、舌先が素早く肌を舐《な》め上げていった。

「な…な…っ…」

「何すんだよ、だろ？」

もう一度、瑛介はにっこりと微笑《ほほえ》む。

「最近の高校生は、ボキャブラリーが貧困だな。少しは、頭使って会話しろよ？」

「ヤニ臭いんだよ、変態野郎っ！」

乱暴に手を振りほどき、力任せに瑛介の身体を突き飛ばす。不意を突かれて大きくバランスを崩した彼は、あわや階段から転げ落ちるところだった。

樹人は一瞬息を飲んだが、無事だと知るとすぐに踵《きびす》を返して建物に戻っていく。廊下をバタバタと走りさる音が、ゆっくりと閉じるドアの向こうから響いてきた。

「頭、使ってんじゃん…」

一人残された瑛介は、体勢を立て直してからホッと息を吐く。ついでに、指に挟んでおいた煙草を唇へ戻そうとしたが、樹人の涙の後味が綺麗《きれい》に吸う気を奪ってしまっていた。

それから一週間、樹人は瑛介と顔を合わせるチャンスがなかった。ほぼ毎日のように来ていた瑛介からの連絡が、パタリと止んでしまったからだ。気にはなったが、別れ際のやり取りを思い出すと、樹人から連絡を入れる勇気はなかなか湧《わ》いてこなかった。

仕方がないので、このところは毎日学校から真っ直ぐ家へ帰っている。今も、夕食を済ませてから部屋にこもり、ベッドに鳴らない携帯を放り投げたまま睨みつけていた。

（結局、あれはなんだったんだ…）

何百回とくり返した自問自答を、気がつけばまた呟《つぶや》いている。あれから怒りまくってスタジオに戻った樹人は、今まさに到着したばかりという風情のモデルと鉢合わせした。彼女が遅刻したのではなく、もともと遅い時間で仕事が入っていたようだ。しかも、樹人とどこが似ているんだと言いたくなる長身で、百九十近くもあるデンマーク人だった。

（まぁ…だからって、黙って帰っちゃったのは無責任だったと思うけど…）

モデルのメイク待ちなんて、やっぱりデタラメだったんじゃないか。

そう思った瞬間カーッと頭にきた樹人は、カバンを引っつかんでそのまま外へ飛び出していた。「からかわれたんじゃないか」と思うだけで、心臓を鷲掴《わしづか》みにされたように呼吸がとても苦しかった。

ここ数日、晃吏や平間と自分を比べては何度もため息をついていた。それが、どんなに愚かな行為かは樹人自身が一番よく知っている。彼らと自分は土台が違うのだし、比べること自体がナンセンスなのだ。それなのに、どこかで張り合おうとした惨《みじ》めさを瑛介に見抜かれたようで、たまらなく恥ずかしかった。

（でも、連絡くらいくれてもさぁ）

甘えた意見だとは思うが、一週間も放っておくなんて雇用主としていささか無責任ではないだろうか。自分が無断で帰ったことは棚に上げ、また一つため息をついた時だった。

「…来た」

思わず、声がうわずってしまう。

液晶部分が青く光り、メールを受信した証《あかし》に無邪気な電子音が鳴る。飛びつくように携帯を手にした樹人は、半ば興奮しながら文面に目を走らせた。

「え…っと…。〝死んでも…〟？」

不穏な出だしに、胸がドキッとする。それは、実に簡潔な一行だった。

『死んでも、明日はＧスタに来い。瑛介』


今年は空梅雨のせいか、本格的な夏の到来を前に連日晴天が続いている。現在の心境とはまさに正反対の青空の下、中へ入ろうかどうしようか、スタジオがあるビルの前で樹人は長いことぐずぐずしていた。

「…やっぱ、帰ろうかなぁ」

メールをもらった当初は弾んでいた心も、いざ瑛介に会う段になるとすっかり怖《お》じ気《け》づいてしまう。彼が非常階段で何故あんな真似をしたのか結局わからなかったし、冗談で流せなかったガキっぽい自分にも樹人はがっくりきていたからだ。

もし、瑛介の目に幻滅の色を見てしまったら、絶対に立ち直れそうもない。今まで他人の機嫌など無頓着に生きてきた樹人にとって、（嫌われたかもしれない）と考えるだけで身が竦《すく》む経験なんて生まれて初めてだった。

「でも、死んでも来いって言ってたし…」

帰りたいのは山々だったが、樹人には『レンズ代弁償』という重い枷《かせ》がある。いくら気が進まないからといってこれ以上好き勝手は許されないし、瑛介も承知しないだろう。

「なんだ。もう来てたんじゃないか」

突然出入口の自動ドアが開き、樹人は出てきた篠山とまともに顔を合わせた。

「遅いから、駅の方まで見てこようかと思ってたんだよ。今日は土曜日だから時間はあるけど、少しでも無駄にしたくないからね」

愛敬のある黒目を輝かせ、ご機嫌な口調で篠山は話しかけてくる。気後れした樹人が返事をぐずっていても、気にした風もなく彼はひょいと腕時計へ目線を落とした。

「おっと、やばい。こんなとこで油を売ってると、荒木くんの機嫌が悪くなるな。今日は、いつもにもましてピリピリしてるから」

「今日は…篠山さんの仕事なんですか?」

「え？　何も聞いてないの?」

樹人の質問に、篠山は心底呆《あき》れたような声を出す。だが、すぐに思い直したのか、妙に深刻ぶった顔で「うんうん」と一人頷《うなず》いた。

「そっか。ま、無理もないよなぁ。俺だって、まだ半信半疑な気持ちでいるんだし。けど、人生には一発勝負の時も必要なんだ!」

「はぁ…?」

「あれ？　樹人くん、なんか怒ってる？」

「…別に怒ってません」

やれやれ、またかよ。

人生だの一発勝負だの、話が全然見えないこともあって、久々に出たフレーズに樹人は内心ムッとくる。だが、いきなり篠山に右腕を摑まれ、強引に中へ引っ張られてしまった。

「とにかく、今日は俺たちの言う通りにしてくれな。後で、ちゃんと説明するから」

「だから、さっきからなんの話を…」

「あ、来た来た。この子でしょ、篠ちゃん」

「わぁ、現役高校生！　制服来てるぅ！」

「どの程度、切っていいの？　前髪がさ…」

建物に一歩入った途端、見知らぬ大人たちが樹人を囲んで、口々に何か話し出す。皆が一斉にしゃべるので返事のしようもなかったが、どうやら彼らが話しかけているのは樹人ではなく篠山と、そして…瑛介だった。

一週間ぶりに見る、懐かしい顔。

仕事を詰めていたのだろうか、尖《とが》った顎《あご》には初対面の時と同じ無精《ぶしょう》髭《ひげ》が生えている。

「荒木さん……」

「今日は、おまえを撮るから」

「え？」

「聞こえただろ？　こいつらも、俺が樹人を撮るために集めたスタッフだ。そういうわけだから、よろしく」

「よ…よろしくって、そんな…」

想像もしていなかったセリフを吐かれ、樹人の思考は瞬時に止まった。要するに、瑛介は樹人をモデルに写真を撮ると言ったのだろうか。そのために、スタッフを集めたんだと。

「それ以外に、何をよろしくするんだよ」

鋭く樹人の表情を読み、からかうように瑛介は顔を近づけてきた。

「この間みたいに、逃げ出すのは無しだからな。逃げたら、おまえの家に速攻レンズ代請求しに行くぞ？」

「…脅迫すんのかよ」

「そうそう。ひとつ、その目つきで頼むわ」

瑛介がくるりと背中を向けると、それを合図に再び樹人を巡って騒ぎがまき起こる。瑛介が集めたというスタッフは全員がまだ若く、業界で注目を集め始めたヘアメイクやスタイリストたちだった。

皆に引きずられるようにしてメイク室へ向かい、有無を言わさず鏡の前へ座らされる。最初に後ろへ立ったのは、先刻からしきりと樹人の髪をいじってはブツブツと言っていた浅黒い肌の青年だった。

「初めに訊《き》いておくけど」

片時も鏡から目を逸《そ》らさず、彼は言う。

「これだけは嫌だっていうスタイルはある？　あるなら、今のうちに。切っちゃうから」

「き、切るってどれくらい…」

「襟足《えりあし》は整える程度だけど、全体的にかなり剝《す》くよ。せっかく黒目がデカいのに、前髪が重くて死んじゃってるし。で？」

「あの…じゃあ…」

どうやら、逃げることなど不可能なようだ。樹人はとうとう覚悟を決め、とりあえずささやかでも自己主張はすることにした。

「刈り上げとモヒカンは、やめてください」


「どんな調子？」

七本目の煙草に火をつけながら、瑛介はメイク室から出てきた篠山に声をかける。樹人の仕上がりを待つ間、雑用係を買って出た彼はスタジオと廊下を何度も行ったり来たりしているのだ。瑛介はさすがにそこまで浮かれたところは見せなかったが、メイク室から出てくるたびに篠山の顔が明るくなるのは、正直言って悪い気分ではなかった。

「うん、いいんじゃない。今、久遠《くどお》くんが最後のチェックしてる。顔は言いつけの通り、眉《まゆ》を揃《そろ》えたくらいであんまりいじってないから。でも、いい感じだよ。驚いた」

「だろ?」

「いわゆる〝美少年〟って言うんじゃないんだけど…なんていうのかな…。欲しい気持ちにさせるよね、あの目つきは」

きわどい感想には笑って答えず、瑛介はゆるりと煙を吐き出す。その横顔をおかしくてたまらないといった様子で見つめ、篠山は再び口を開いた。

「だけど、よく彼らを集められたよねぇ。皆、上り坂で忙しい連中ばかりなのに」

「その代わり、借りがだいぶ増えた」

「いいよね、荒木くん。あんたと一緒に仕事したいって奴、どんどん増えてる気がする。しかも、全員ノーギャラだよ?」

「仕方ないさ。まだ、コンペも通ってないんだ。けど、正式に仕事が決まったら同じメンバーを使うって条件は忘れるなよ」

「その点は、心配しないでくれ。彼らなら、こちらからお願いしたいくらいだよ」

いくら篠山の会社に実績があっても、これだけの人材を一斉におさえるのはひと苦労だ。だからこそ、プレゼンの段階での大がかりな撮影にもOKが出せた。全ての責任は瑛介が持つと言い張ったたし、彼のためなら動くというスタッフがいたお陰だ。

「この仕事が評価されれば」

篠山は、確信に満ちた声音で言った。

「誰も、あんたをコネで出世したなんて口はきけないよ。それだけは、保証する」

「…晃吏には、恨まれるかもな」

「でも、それは…」

晃吏の名前を出されると、篠山もいくぶん気まずくなるようだ。瑛介は彼の肩を軽く叩くと、

「ごめん、冗談だよ」と呟いた。

樹人がメイク室に消えて、間もなく一時間がたとうとしている。待ちくたびれてきた瑛介が、欠伸《あくび》混じりに携帯灰皿へ吸い殻を押しつけた時だった。

「あれ？　二人とも、ずっと待ってたの？」

ドアがカチャリと開き、固唾《かたず》を飲んで見守る中をスタイリストの久遠が顔を出す。

「なんか、おかしいな。あんたら、かぐや姫に求婚する順番待ちでもしてるみたいだね」

「…久遠くん、ふざけないでよ」

「いや、大マジ。見て驚けよ」

謎の言葉を残して、彼はいったん部屋へ姿を消す。次の瞬間、二人の視界に現れたのは今まで見たこともない一人の少年だった。

「どうかな？　イメージ通りじゃない？」

後ろからひょこっと現れた久遠は、二人に何か言って欲しくてしきりと煽《あお》ってくる。けれど、樹人自身はまだ抵抗を感じているのか、なんだか怒ったような顔をして瑛介たちを睨み返してくるのだった。

真っ白な七分袖《しちぶそで》のシャツに、貝のボタン。

くるぶしが覗ける短さでカットされた細身のパンツは、澄んだターコイズブルーだ。素足に踵《かかと》を踏んだ白いスニーカーを突っかけ、キリッとまなじりを上げた樹人は制服の時とはまるきり別人になっていた。

「…なんて言おうか……」

篠山が、瞬きもしないで言った。

「荒木くん、どうしてわかったの？」

「いつ見ても、ブスくれてたから」

ずいぶんな言い様に、ますます樹人は不機嫌になる。前髪を不揃いにカットされ、艶《つや》のかかった漆黒の毛先が短く跳ねたヘアスタイルは、そんな強情で頑なな表情を綺麗に引き立たせていた。引き結ばれた薄い唇と、清潔なラインを描く眉は少年っぽさを強調し、飾り気のない白いシャツが逆に硬質な色気を演出する。確かに、目の前に立った樹人は篠山が発言した通りの、「欲しくなる」魅力を全身から溢《あふ》れさせていた。

「…よし。じゃ、撮るぞ」

ない。


「ちょっとちょっと、荒木くん！」

大賛辞を期待していた久遠は、瑛介のクールな対応に明らかに拍子抜けしたようだ。いくら篠山が見惚《みと》れてくれたって、肝心の瑛介が眉一つ動かさないのではプロとして頑張った甲斐《かい》がない。

「久々の大ヒットなのに…」

瑛介の背中へ恨みがましい一言を投げると、樹人がジロリと彼を見た。内心、瑛介の反応には樹人もがっかりしていたのだが、それを悟られるのは死んでも嫌だった。

スタジオでは、すでにライティングの準備も終わり、スタッフが今や遅しと彼らを待ち受けていた。そのせいか、瑛介が姿を見せた瞬間からピンと室内に緊張が張り詰め、辺りはコソとも音がしなくなる。

「樹人、そこの椅子に座って」

「え……」

相変わらず、なんの説明もなしだ。瑛介が指さした先には、ポツンとアンティークの華奢《きゃしゃ》な椅子が置かれている。どうやら用意されているセットはそれだけらしく、真っ黒な背景の紙が下ろされた前で、樹人は渋々と椅子へ腰かけようとした。

「そうじゃない！　もっと偉そうに！」

すかさず、鋭い声が飛んでくる。プロじゃないんだから…と思わず反発しかけたが、瑛介には通じない気がして言えなかった。

「だらしなく座って。背もたれに、うんと深く背中を預ける。そう…そのまま動くなよ」

先日と同じようにポラを数枚撮り、何度か照明の角度を調節する。でも、今日は代理ではなく、主役は他でもない自分なのだ。一体これから何が始まるのか、樹人の頭は期待よりも不安でいっぱいだった。

「足を閉じるなって言ってんだろ、おい！」

撮影が本格的に始まると、瑛介はますます口に遠慮がなくなった。戸惑う樹人を気遣うどころか、ああしろこうしろと、むしろいつもよりも横暴なほどだ。樹人も何度か撮影には立ち会ったが、どのモデルに対しても彼はここまでつっけんどんではなかった。それがわかるだけに、樹人は段々と瑛介が憎らしくなってくる。

（畜生。なんだってんだよ、本当に…）

それでも、シャッターが切られるたびに少しずつ内側で変化が起こり始めた。恥ずかしくてたまらなかった周囲の視線が意識から遠ざかり、まるで瑛介と二人きりでいるような感覚が樹人を包み始めたのだ。世界中で自分一人だけが、瑛介の注意を集めている。その快感は、樹人へ自信と誇らしさをもたらした。

こういうのは悪くないな…と、樹人は思う。会話などなくても、どの瞬間のどの表情に瑛介が満足しているのか、はっきりとこちらへ伝わってくる。甘い雰囲気など欠片《かけら》もなかったが、瑛介に見られているだけで樹人の全身をスリリングな悦びが駆け抜けていった。

今、樹人と瑛介は瑣末《さまつ》な現実を払拭して、カメラを通して対等に対峙《たいじ》している。その事実は樹人を挑発的にし、髪型や衣装に負けない気迫が瞳を彩った。瑛介の口数が極端に減り、空気がどんどん研ぎ澄まされていく。雑音が一切途絶え、樹人の耳には瑛介の声と自分の息遣いしか聞こえなかった。

誰も、一言も発しなかった。

全ての人間が張り詰めた空気に圧倒され、樹人の視線一つに魅せられている。この瞬間、樹人は世界を動かす力を得、それを引き出しているのは間違いなく瑛介のカメラだった。

「樹人！　ラスト、目線！」

一際厳しい声が飛び、瑛介が左手を高く天へ掲げる。樹人は鳥を追う獣のように目線を上げ、一瞬心地好さげに瞳を細めた。それは、美しく凍りついた眼差しだ。見ていた者は瞬きの自由すら奪われ、目の前の少年へ憧れにも似た想いを同時に胸に抱いた。

シャッターの音が、突然途切れる。

その後は、沈黙が水のように静かに空間を満たしていった。

「す……げ……」

誰かが、ようやく声を絞り出す。前後して、吐息やため息があちこちから漏れ出した。

「俺、こんな緊張した現場初めてだよ。だって、これってプレゼン用なんだろ？」

「マジ？　まだ三十分しかたってないわ」

「しっかし、ああも変わるかねぇ…」

皆が口々に感想を言い合うが、誰一人として直接瑛介や樹人に話しかける者はいない。夢が本当に終わるのを、なるべく先延ばしにしたかったからだ。この場にいる全員が、まるで違う世界へ飛ばされたような気分でいた。

樹人も、それは同じだった。ラストの声がかかっても、まだ頭は霞《かすみ》がかかったようにボンヤリしている。自分が何者で、どこにいるのか、それすら曖昧《あいまい》なままだった。

ふと気づくと、大きな手のひらが頭に載っている。目線をゆっくり上げた先に、瑛介の柔らかな瞳があった。

「お疲れ。よく頑張ったな」

「あ…。終わった…んだ……」

声を出したら、ようやく普段の自分が戻ってきた。夢から覚めるような思いで、樹人は瑛介を見つめ返す。頭を撫《な》で続ける手は、泣きたくなるくらい優しかった。

「写真、いい感じだったよ」

「…………」

「いや、もっと正確に言った方がいいな」

「え？」

「――最高だった。ラストのおまえの目、あれにやられない奴はいないよ。強引にカメラの前へ引っ張り出したけど、俺の想像以上におまえは応えてくれた。偉いな、樹人」

「…やっと、褒《ほ》めてくれたね」

ふんわりと、初めて樹人が微笑み返す。次の瞬間、頭を強く引き寄せられ、あっと思った時には瑛介の胸に深く顔を埋めていた。

「樹人…ありがとな」

速まる鼓動などおかまいなしに、瑛介は樹人を抱きしめて何度もそうくり返す。再び夢に舞い戻ったような気分になり、樹人はひたすら頷くことしかできなかった――。


「それでは、コンペの勝利を祝して！」

「まだ早いだろ、おい」

すっかりご機嫌になっている篠山へ冷静な突っ込みを入れ、瑛介がむっつりとジンのグラスを傾ける。撮影が終わった後、スタッフ一同で近くのメジャーなクラブへくりだしたのだが、こういう場所は苦手なのか瑛介はまた口数が少なくなっていた。

「…ったく、俺だけガキ扱いかよ」

カウンターに座った彼の隣では、無条件にコーラを出された樹人が密かに憤慨している。いくら未成年でも、今夜くらいアルコールで盛り上がりたい気分だったのに、瑛介がガンとして飲ませてくれなかったのだ。仕方がないので、彼の目を盗んでボトルのジンを少しずつコーラに落とすことにした。

「あの、今更な気もするんだけど…」

しばらく大人の雑談に付き合っていたが、とうとう樹人は痺《しび》れを切らす。篠山も瑛介も忘れているようだが、一番最初に知るべき事情を、樹人はまだ聞かされていないのだ。

「プレゼンって…なんのこと？　確か、この間も電話で篠山さんがプレゼンがどうとかって言ってたよね。あれと、何か関係が…」

「あるある、大ありだよ！」

待ってましたとばかりに、ホロ酔いの篠山が瑛介を押し退けるようにして迫ってきた。

「なんていっても、プレゼンの出来が大きく運命を左右するからねっ。もしコンペに勝って〝ジェット〟の仕事が取れたら、社の総力を注ぎ込む予定なんだから。ま、そう上手くいくかどうかは予断を許さないけどさ。なんせ、競合相手は業界でもトップランクの広告会社や事務所ばかりだし。それだけ、皆がやりたがってる仕事ってわけ」

「だから、その仕事ってなんなんですか」

回りくどい説明にイライラしながら問い返すと、篠山はニヤッと微笑んだ。

「樹人くん、『ドーラカンパニー』って聞いたことある？　ほら、宝石とか時計とかの…」

「当たり前ですよ。確か、世界中の王室を顧客に持つって言われてる老舗《しにせ》の宝石店でしょう？　よく映画なんかにも出てくるし」

「じゃ、話が早いや。実は、ドーラが来年とうとう新ラインを発表するんだよ。実に二十年ぶりのことなんで、かなりの自信作には違いない。それが〝ジェット〟なんだ！」

「はぁ……」

普段、宝石などとはまるきり縁のない生活をしているので、樹人には今一つピンとこない。篠山はそれが気に入らないらしく、眉根を寄せてますます迫ってきた。

「あのねぇ、事の大きさがわかってる？　来年春の発売に向けて、ドーラでは冬の初めからドーンと広告を打つんだよ。まずは写真展開を十一月！　それから、テレビスポットを年明けに！　今度のプレゼンで一番いい企画を出した会社が、その全権を手にすることができるんだ。何十億って金が動くからね、そりゃ必死にもなるだろう？」

「………」

「世界中が〝ジェット〟に注目してる。イコール、広告に注目するってことだ。アジアは同一モデルでキャンペーンをやるから、日本だけの話じゃないんだよ」

あまりのスケールに樹人が絶句していると、酔った篠山はプレゼン参加まで持っていくのがどれだけ苦労だったたか、とくとくと語り出した。だが、やがて何も反応を得られないのを知ると、同志を求めてフラフラとその場から歩き出す。どうやら、フロアの方で彼を呼んでいる人がいるらしかった。

「…篠山は、どうしてもあの仕事が取りたいんだよ。でも、あの分だとけっこう裏で金を使ったかもしれないな。営業部も大変だ」

瑛介がようやく口を開き、皮肉めいた口調でそう呟いた。内容が少し生臭くなってきたので、樹人はあからさまに眉をひそめる。それに気づいた瑛介は唇を歪《ゆが》めると、「おまえのそういうところ、好きだよ」と無責任にドキドキさせるようなことを言った。

「黄純《きずみ》の時も、彼女が年上のマネージャーに乱暴な口をきいてるのに怒ってたろ？　本当に、感心するほど正義感が強いな」

「からかってるんですか？」

「褒めてるんだって」

真顔で答えて、瑛介はまたグラスを傾ける。その間も何か言いたげだったが、やがて申し訳なさそうに唇を動かした。

「なんの説明もしなくて、悪かったな。俺、少し頭に血が上ってたんだ。どうやったら樹人を綺麗に撮れるか、今日までそのことしか考えてなくて」

「荒木さん……」

歯の浮くようなセリフだったが、瑛介の声は誠意に満ちている。事実、彼の頭はずっと撮影のことでいっぱいだったのだろう。

「おまえには、事後承諾になったけど」

「え？」

「篠山が説明した、〃ジェット〃の企画。あれには、俺も賭けてるんだ。奴から話を持ち込まれた時から、絶対にライバルを蹴散《けち》らしてこの仕事を取ってやるって決めてた。それには、樹人の協力が必要だ。今日の撮影で、スタッフもおまえを使うことで全員納得したと思う。だから…」

「そんな無茶な！　俺、素人なのに！」

「…初めは、篠山もそう言って反対したよ。あいつは晃吏を使うつもりで、スケジュールを勝手におさえてやがったし」

「そうか、あの電話……」

「速攻で断ったけどな。晃吏には、悪いことしたよ。また、借りが増えちまった」

どんどんピースが埋まっていき、ようやく樹人にも話の全貌《ぜんぼう》が見えてきた。

「じゃ、本当は俺じゃなくて紀里谷さんが…」

「生憎と、俺はそう素直じゃない。この間樹人を撮ったポラを篠山に見せて、一週間かけて説得したんだ。あいつも最後にはとうとう折れて、じゃあ樹人で勝負してみようかって腹を括《くく》ってくれたよ」

「…俺の意見は?」

「だから、ごめんって言ってるだろ」

開き直った口調で瑛介は言い、煙草の箱へ手を伸ばす。取り出した一本を忙《せわ》しげに唇へ運ぶ様子を見ていたら、彼が内心かなり落ち着きを失っているのが伝わってきた。

「畜生。俺、こういうの苦手なんだよ」

思った通り、瑛介は火もつけずに煙草を灰皿へ投げ捨てた。

「ガキにくどくど説明したり、他人に謝ったりするの下手なんだ。早い話が、俺はどうしても樹人を撮りたかった。だから、モデルを引き受けてくれると嬉《うれ》しいよ。どうだ?」

「全然、順番が逆じゃん」

「うるさいな。大体、おまえプロじゃないだろ? 最初に企画を説明して、こういうコンセプトだからこんな表情しろって言われて、それができるのかよ? できないだろ?」

「だからって、あんな強引なやり方しなくてもいいじゃないかっ。第一、紀里谷晃吏を降ろして俺を使うなんて、リスクが大きすぎるよっ。プレゼンの出来が悪くてコンペに落ちたって、責任なんか取れないし…そうだ、落ちたらどうすんだよ」

「落ちるわけないだろ」

そこだけは妙に余裕の表情を浮かべ、瑛介は不敵な微笑みで答えた。

「俺が撮ったんだ。落ちるわけない」

「じ……」

自信過剰だ、と言いかけた唇が、強い視線に縫い留められる。最初に樹人が見惚れた、薄茶色の瞳がジッとこちらを見ていた。

強引で、ぶっきらぼうで、口が悪い。それなのに彼が無頼な雰囲気を持たないのは、瞳の色が不思議なほど澄んでいるからだ。

不意に、瑛介に口づけられた右目が痛んだ。その痛みはたちまち樹人の胸まで駆け下りていき、根を下ろしたように動かなくなった。

(な…なんだよ…。なんで、こんなに胸がざわざわするんだよ……)

激しい動揺を覚えた樹人は、焦ってグラスのコーラをいっきにあおる。こっそり混ぜておいたジンのせいか、たちまち身体がカッと熱くなった。

「おい…」

樹人の異変に気づいて、瑛介が不安げに声をかけてくる。

「おい、大丈夫か？　おまえ、様子が…」

「なんだ、瑛介じゃないか。珍しいな、こういう場所で会うなんて」

突然かけられた言葉に、樹人へ伸ばしかけた瑛介の指が止まった。傍らに人の気配を感じた樹人は、そっと視線をそちらへ向ける。

そこに、紀里谷晃吏が立っていた。

（ほ…本物だ……っ）

緊張のあまり全身が強張り、樹人は晃吏から目を離せなくなる。見ているだけで、自分の顔がどんどん赤くなっていくのがわかった。

（本物の…紀里谷…晃吏だ……）

樹人の目には、晃吏の立っている場所だけが柔らかな光に包まれて見える。涼やかで透明感のある美貌は、間近で見るとかなりの迫力があった。スタイルはもちろんのこと、その仕種《しぐさ》や表情の変化までが優雅に洗練されていて、これが同じ人間かとつい疑わずにはいられない。だが、実際には言葉にすることすらできなくて、ただポカンとしているのが関の山だった。

「あれ？　邪魔だった？」

「いや…いいよ、座ってくれ。今日、例の撮影をしてたんだよ。Gスタで」

「ああ、〝ジェット〟の…。じゃ、彼が」

樹人の隣のスツールに腰を下ろし、改めて晃吏がこちらへ顔を向けてくる。樹人は慌てて頭を下げたが、やっぱり何も言えなかった。

「ふぅん…。篠山さんから、高校生だとは聞いてたけど…。思ってたよりも…」

「――晃吏」

不機嫌そうに晃吏のセリフを遮《さえぎ》り、瑛介がグラスの残りを飲み干す。それだけで全てを理解したのか、晃吏は笑顔で席を立つと瑛介の後ろへ歩いていった。何をするつもりかと樹人が首を傾げていると、彼はおもむろに背中から瑛介の身体へ両腕を回す。

まるで拗《す》ねた恋人をなだめるように、そのままの姿勢で晃吏は甘い声を出した。

「また、無精髭生やしてるね」

「うるせぇよ、放っとけ」

「せっかく男前なのに、瑛介はかまわなさすぎなんだよ。俺が言わないと、髭も剃《そ》らない」

言いながら、晃吏の指が瑛介の顎に触れる。

「まさか〝ジェット〟の仕事が取れるまで、願かけでもしてるんじゃないだろうね？」

「バカ言うな。俺は無神論者なんだ」

「俺を振っておいて、よく言うよ。いくら瑛介でも、今度はわからないじゃないか？　何せ、モデルはズブの素人なんだし」

「あの…あの、俺！」

これ以上二人を見ているのが辛《つら》くて、樹人は唐突に立ち上がった。その勢いに、晃吏と瑛介が驚いたような顔をする。

「俺…その…ちょっと、トイレ…」

「え？」

「いや、だから…すいませんっ」

言うが早いか踵を返し、出口を求めて走り出した。瑛介が何か叫んだような気もしたが、振り返る勇気すら出なかった。

「…行っちゃったね」

気の抜けた呟きと同時に、晃吏がパッと腕を放す。瑛介は苦々しげに彼を見上げると、ものも言わずに立ち上がった。

「あ、追いかけるの？」

「あいつ、制服なんだ。こんなとこ、一人でウロウロさせられないだろう」

「…思ったよりもいいねって、そう言おうとしたんだよ。…なんて、ちょっと意地悪だったかな。でも、大口の仕事譲ったんだし、これくらい可愛いもんだろ？」

悪びれない口調で漏らした言葉に、瑛介が鋭い一瞥《いちべつ》をくれる。だが、長い付き合いの晃吏にはいっかな効果はなく、彼はニコニコと先を続けた。

「瑛介、とうとう宗旨変えしたんだ」

「………」

「俺に男の恋人がいるって、昔からさんざん嫌な顔してたくせにな。結局、同じ道に来たわけじゃん。けど、高校生とはねぇ…」

付き合い切れない、とでも言うように背中を向けると、瑛介は無言で歩き出す。それを見送った晃吏はくすくすと微笑み、彼のグラスの残りに口をつけた。

やっぱり、ダメに決まってるじゃんか。

クラブを出た樹人は、人目を避けて建物の裏手に回ると、壁に背中を預けて息をつく。

瑛介から離れて一人になった途端、外へ出るまでの間にいろんな人間から声をかけられた。ほとんどが年上だったが、男も女も樹人を引き止め一緒に踊ろうと誘ってきたのだ。今まで、いちどにこんな大量のアプローチなど受けたことがない。学校では平間といるせいか、皆の注目は常に彼が集めていた。

それにしても、まさか晃吏本人に会うとは夢にも思わなかった。しかも、瑛介とあんな親しげなところを見せつけられるなんて、二重の驚きだ。ホモなんて、もっとコソコソと人目を忍んでいるものと思っていた。

(…そんなわけないか。撮影でも、イチャついてたって噂になるくらいだし)

樹人の知っている瑛介と『イチャつく』という単語がそぐわないためなんとなく意識から追いやっていたが、いざ自分の目で見てしまうともう駄目だ。

(本当に…仲良かったもんな。荒木さんも、ベタベタされても嫌そうじゃなかったし…)

考えれば考えるほど、落ち込みは深くなっていく。急に走ったせいかアルコールが回って動《どう》悸《き》は激しくなるし、なんだか全てが空しく思えてきた。こうして制服姿に戻ってしまえば、昼間の撮影すら幻のようだ。

「だから、本当にダメに決まってるって」

弱々しい呟きが、夜気に紛れ込んだ。

「俺なんかに、できるわけないじゃん…。大体、どうやってあの紀里谷晃吏と張り合えって言うんだよ。俺は単なる…」

「普通の男子高校生だし?」

いきなりセリフを横取りされ、樹人は驚いて顔を上げる。息を弾ませた瑛介が、目の前に立って自分を見下ろしていた。

「荒木さん……」

「…ったく。トイレにいないから、捜し回ったじゃないかよ。久しぶりに走ると、けっこうしんどいな。この際だから、禁煙するか」

言ってるそばから、煙草を一本咥えて火をつける。小さなオレンジの輪が、瑛介の精悍《せいかん》な顔立ちを闇から淡く浮かび上がらせた。

ああ、この顔…好きだな。

樹人の胸に自然とそんな言葉が生まれたが、少しも不思議に思わなかった。晃吏を置いて自分を捜しに来てくれただけで、涙が出るくらい嬉しかった。

「おまえ、酒飲んだだろ。顔が赤いぞ」

「俺、一つ訊きたいんだけど…」

「なんだよ?」

「荒木さん、いつから俺を撮ろうって思ってたんだよ。だって、俺たち知り合ってからまだ一ヵ月もたってないよね」

「どうして、そんなこと訊くんだ？　晃吏に会ったら、自信なくなったか？」

「…自信なんか、初めからないよ」

意地悪な言い方するなぁ、と思いながら、樹人は拗ねた目つきで反論した。

「さっき、荒木さんが言った通りだよ。俺は普通の高校生で、モデルとか一大キャンペーンとか、全部違う世界の話でしかないんだ。それなのに紀里谷晃吏と比べるなんて、あんた頭がおかしいよ。あんなに綺麗な…」

「え？」

「綺麗な…恋人なのに」

「恋人？　おい、ちょっと待てよっ」

よほど焦ったのか、瑛介は煙草を足下に落としたのにも気づかず樹人へ迫ってくる。アスファルトから細い煙が頼りなく立ち上り、一瞬樹人はそちらへ気を取られた。

「樹人？　おまえ、何勘違いしてんだ？　晃吏と俺は友達だって、前にも説明しただろう。あいつには別に恋人がいるし、第一、俺は男と付き合う趣味なんか…」

言いかけたセリフを途中で止め、瑛介はいかにも気まずそうな顔をする。その様子は、樹人の目には図星を指されて懸命にごまかしているようにしか見えなかった。

「いいんだ。俺、二人の噂は前から知ってたから。それに、やっぱり俺にモデルなんか無理だよ。荒木さんだって、絶対後で後悔する」

「俺を信じないのか？」

「だって…」

熱を帯びた眼差しが、射抜くように樹人を見る。瑛介は壁に樹人を押しつけると、摑んだ腕に力を込めて言った。

「おまえ、俺を信じないのかよ？　俺が撮りたかったのは、晃吏じゃなくておまえなんだ。何回言えば、それがわかるんだよ！」

「どうして……」

「そんなの知るかっ。樹人を初めて見た時から、決めてたんだ。〝ジェット〟は、こいつでいくって。他の奴なんか、いらないって」

「だから、なんで…」

「いい加減にしろ！」

短く怒鳴った直後、瑛介は強引に唇を塞《ふさ》いできた。濃厚なジンの香りが樹人を襲い、息ができないほど深く口づけられる。

抵抗するのも忘れて、樹人は擦れる唇の感触に身体を熱くした。温かな舌が侵入してきて、樹人の舌と絡まった瞬間ピリッと表面に痛みが走る。煙草の苦味だと意識する前に、なけなしの理性も呼吸ごと飲み込まれていった。瑛介にしがみついた指が震え、重なる回数の分だけ唇の温度が上がっていく。やがて瑛介の舌がなまめかしく動き出し、誘惑に負けた樹人がつたなくそれに合わせると、口づけは一層その激しさを増した。

「あら…きさ…っ…」

「黙ってろ」

きつく抱きしめられ、いつ解放されるとも知れないキスがくり返される。僅《わず》かに空いた唇の隙間《すきま》も、零《こぼ》れるため息や漏れた声で埋められた。樹人の頭はくらくらし、まるで花火が身体中で休みなく弾けているような感覚に囚われる。幾度も唇を吸われ、吐息までしっとりと濡《ぬ》らされていく間に、とうとう自力では立っていられなくなってきた。頭の芯に甘く霞がかかり、樹人はぐったりと瑛介へ身体を預ける。同時に全身から力が抜けていき、この上なく心地好い睡魔が襲ってきた。

どこかで瑛介が呼んでいる気もしたが、それは気のせいかもしれない。キスをしながら、話をするのは難しいから。呼吸のタイミングさえ、樹人にはよく掴めなかった。

瑛介に抱きしめられたまま、いつしか樹人は深い眠りに落ちていく。意識を失う寸前に彼が考えたのは、隠れてジンを飲んだことや初めてのキスだった事実は、瑛介には絶対に内緒にしておこうということだった。

翌朝、まず最初に樹人の目に入ったのは見慣れぬ白い天井だった。

(あれ…？　どこだ、ここ…)

意識がはっきりするにつれて、段々周りのものも見えてくる。壁に無造作に留められた、何枚もの写真。見覚えがある、朽ちた観覧車と回転木馬。それから…一際異彩を放っているのは、こちらを睨みつけている少年だ。鋭い眼差しはどこか扇情的で、そのくせ決して触れることを許さない孤高の雰囲気を漂わせている。白黒の廃墟の写真の中、彼だけが鮮烈な『色』を持っていた。

「おまえだよ」

隣で、いくぶん掠《かす》れた声がする。

「早く見たくて、昨夜何本か現像したんだ」

「…………」

ベッドの隣に誰かが寝ているのは、なんとなく気配でわかっていた。けれど、まともに顔を合わせる勇気はさすがに出てこない。

樹人がいつまでも黙っているので、瑛介はベッドの背もたれに寄りかかったまま勝手に一人で話し始めた。

「自分じゃないみたいだろ？　でも、これはあくまでプレゼン用だからな」

「なんか…本番とは違うの…？」

「当たり前だろ」

おずおずと尋ねると、写真に視線を留めた状態で瑛介は笑った。

「俺が頭に描く〝ジェット〟のコンセプトは、『優雅な孤高』だ。鋭くてしなやかで、いたいけで手が届かない。そういう両極端な要素を併せ持つ、侵しがたいイメージを作り上げる。単なる美形や、性別を強く意識させるモデルじゃ駄目な理由がわかるだろう？」

頭の中のスクリーンを思い浮かべているのか、瑛介は熱っぽい瞳を静かに閉じる。いつしか彼の話に惹《ひ》き込まれ、樹人も一緒になって架空の映像を追っていた。

「荒木さん…〝ジェット〟って、どんな宝石なの？　色は？　デザインは？」

「そうか、まだその話もしてなかったか…」

瑛介は目を開くと、静かに視線を樹人へ下ろしてくる。昨夜の口づけが嘘でない証拠に、彼の眼差しはまだ温度が高かった。

「『ドーラカンパニー』は、宝飾業界でもっとも権威を持ち、高いクオリティを誇っている。その彼らが技術の粋を結晶させた人造宝石が、〝ジェット〟なんだ。漆黒のダイヤだよ」

「漆黒の…ダイヤ…」

「ああ。けれど、今まで人造宝石はまがい物といったマイナスイメージが強かった。価格は当然天然石を下回るし、セレブの連中はまず目もくれない。けど、〝ジェット〟は違う。俺も本物を見たのは二回だけだけど、あの石には人を魅了する本物の輝きがあるんだ。だから、篠山に相談された時、一も二もなく引き受けた。俺の手で、〝ジェット〟を世間に知らしめたかったから」

一息にそこまで話すと、瑛介はガラリと口調を変えてゆっくりと樹人へ語りかけた。

「プレゼンが通ったら、本番では外へ出る」

「え？」

「自然光の下で、おまえを撮りたいんだ。時の止まった空間で、たった一人流れに逆らって立ち尽くす樹人を撮る。明け方か…陽の落ちる寸前がいいな。混沌《こんとん》とした光と、真っ白なシャツを着た樹人のコントラストにして。やっと、俺の本領発揮だ。今までの人造宝石に対する固定観念を覆《くつがえ》して、おまえを見た奴らが皆〝ジェット〟を欲しがるようになる」

「………」

「おまえは、〝ジェット〟のイメージキャラなんだよ。成長過程の不安定な身体つきと、意志がはっきり表れる目。その強い存在感で、漆黒のダイヤにアンモラルな清潔感を与えてくれ。おまえなら、できるから」

「イメージキャラ？　俺が？」

これまでさんざん驚かされてきたが、今回はそのとどめを刺された感じだ。樹人は上半身を起こすと、深々とため息を漏らした。

「悪いけど…そんなの全然自信ない」

「あの写真を見ても、まだそんなこと言ってんのか？　俺も、さすがに傷つくなぁ」

「だって…あれは、俺じゃない」

「おまえだよ」

先刻と同じセリフを、瑛介は口にした。

「安心しろ。昨夜だって、図らずも俺がおまえの魅力を証明したじゃないか。男でもつい魔が差してキスしたくらいに、樹人が魅力的だったってことだ」

「魔が…差した…」

「ほんと、おまえってなにげに大物だよな。キスの途中で熟睡されたのなんて、さすがに初めてだよ。いくら酒が入ってたとはいえ…本当に失礼な奴だ」

薄茶の瞳で恨みがましく睨まれた途端、記憶が鮮明に蘇ってくる。樹人は顔を真っ赤にしながら、かろうじて口を動かした。

「ご…ごめん……」

「ごめん、だって?」

「あ、その…ごめん…なさい……」

「俺はな」

厳しい顔つきのまま、瑛介は言った。

「眠るおまえを抱えて家に戻り、ご両親には適当な理由をつけて外泊の連絡を入れ、挙句にベッドまで貸してやったんだ。ごめんじゃなくてありがとうだろう、この場合」

いっきに文句をまくしたて、ついでのようにベッドから起き上がる。サイドテーブルに置かれた灰皿には、隙間もないくらい吸い殻が積もっていた。

（もしかして、あんまり寝てないのかな…）

樹人が目を覚ました時、まるで待っていたようなタイミングで瑛介は声をかけてきた。吸い殻の量や写真を現像していたことなどを考えても、その推理は当たっているような気がする。それなら、やっぱり「ありがとう」より「ごめんなさい」を言うべきではないだろうか。

（でも…でもさ……）

なんだか、樹人は素直に謝りたくない気分だった。瑛介は、昨夜のキスについて「魔が差した」と言ったのだ。その発言は、少なからず樹人を傷つけていた。「責任を取れ」と迫るつもりはないが、それにしてもずいぶんひどい言い草だ。意識を失うほど翻弄《ほんろう》された自分が、なんだか可哀相になってくる。

「あ、そうだ。ありがとうと言えば…」

樹人の気持ちも知らずに、瑛介は呑気《のんき》に新しい煙草へ火をつける。美味そうに煙を吐き出す姿に今度は何かと身構えていると、彼は意外な名前を口にした。

「平間って友達にも、感謝しとけよ。おまえのアリバイ作りに、協力してくれたんだ」

怒濤《どとう》の一日が嘘だったかのように、あれから樹人はパタリと瑛介に会えなくなった。家まで車で送ってくれたのが最後で、それきり電話の一本もかかってこなかったからだ。篠山からは何度か連絡があったが、彼もプレゼンの準備に忙しいらしく瑛介とは会っていない、という。どうせ、前のように突然ケロリとメールでもしてくるさ、と自分へ言い聞かせてはみたものの、日を追うごとに樹人の淋しさは募り、めくった雑誌に瑛介の名前を発見しただけで胸が切なくなった。

やっぱり、自分は都合のいい夢でもみていたのかもしれない。そんな不安が頭をもたげてきた頃、ようやく携帯が懐かしい着信の曲を奏で出した。バイト関連のために登録した、『スパイ大作戦』のテーマだ。

瑛介にキスされた夜から、すでに十日が過ぎていた。

「どうも、はじめまして。荒木《あらき》さんのお噂は、かねがね耳にしてます。多方面から」

「友達の…平間諭《ひらまさとし》です」

樹人《たつと》は、物怖《ものお》じしない親友に気後れしつつ瑛介《ようすけ》へ平間を紹介する。前から撮影を見学させろと言われていたのだが、アリバイ作りの報酬にとせがまれて断りきれなくなったのだ。

だが、てっきり嫌がるかと思った瑛介は、意外にもあまり反応を示さなかった。疲れているのかな、と思ったりもしたが、どうもそれだけではないらしい。何より、久しぶりの再会なのに樹人の顔を見てパッと顔を曇らせた様子には、不穏なものを感じた。

樹人の心情などおかまいなしに、平間は人なつこく瑛介へ話しかける。

「週明けの学校、荒木さんにも見せたかったですよ。樹人の大変身に、生徒たちは大騒ぎ。転校生が来たって噂、本気にする奴もいたりして。マジ、芸能人並みの注目度」

「よせよ、平間。大袈裟《おおげさ》だよ、おまえ」

「当然だろ。業界のトップたちが、腕によりをかけて磨き上げたんだ。そうやって注目を浴びてるうちに、もっと良くなっていくさ」

さして得意そうでもなく、瑛介は無感動な顔で言い切る。

「じゃ、俺は撮影の準備があるから」

「あ、あの…元気だった?」

もう少し話していたかった樹人は、そのまま立ち去ろうとした瑛介を慌てて引き止めた。

ずっと、瑛介に会いたかった。だから、樹人は今日の呼び出しを楽しみにして来たのだ。

それなのに、そんな気持ちを知ってか知らずか、瑛介は冷ややかな視線を返してくる。どうして彼が急に態度を変えたのか、樹人にはその理由がわからなかった。

「あの…今日の撮影って、また黄純《きずみ》さんだよね？　俺、篠山《しのやま》さんから電話もらった時、正直言ってびっくりしたよ。ほら、彼女とは一度やり合っちゃったし」

「仕方ないだろ」

不本意そうにため息をつき、瑛介はイライラした様子で答えた。

「黄純が、撮影にはおまえを呼べって篠山に言ったらしいんだ。意外と、あの一件で彼女に気に入られてたらしいな」

「え…そうだったんだ」

それは本当に初耳だったので、樹人は素直に驚いた。今日のバイトが、瑛介ではなく篠山から頼まれた理由もようやく納得する。瑛介なら、モデルの言いなりにならずに上手《うま》く言いくるめることもできただろう。口は重くても、頭の回転は早い男だ。

もしかして、俺が来たのが迷惑なのかな。

そう考えただけで、樹人の心はたちまち暗くなった。恋しかったのは自分だけで、瑛介は少しも会いたくなかったのかもしれない。

（でも…だけど……）

卑屈になるのはよそうと頭を切り替え、樹人は無理に明るい口調で話を変えた。

「そういえば、篠山さんがプレゼンがイケそうだって喜んでた。俺も心配してたけど、荒木さんとは話せなかったから、それで…」

「なんだよ」

「それ…で……」

毎日毎日、連絡を待っていたんだよ。

そう続けたいところを、樹人はグッと堪えて口を閉じる。瑛介との十日ぶりの再会が、まさかこんなに気まずいものになるとは思ってもみなかった。

会えなかった間、樹人の頭は瑛介でいっぱいだった。唇に触れるたびに甘い気持ちに浸ったり、心ないセリフを思い出して落ち込んだりしながら過ごしていたのだ。日々憂いを増していく表情は、平間ですらからかうのを遠慮したほどで、それくらい目に見えて樹人の顔は変わっていた。

瑛介が、その変化に気づかない筈《はず》がない。まして、理由をまるきり思いつけないほど鈍くもないだろう。瑛介のくれた言葉は、まるで上等な口説き文句のように樹人の耳に残っている。それに、家へ送ってくれた際、瑛介は降りようとした樹人の顎《あご》に手をかけて、もう一度短いキスをしたのだ。羽根のように軽いそれは、しかし友人同士で交わす種類のものでは決してなかった。

それなのに。

「悪い。無駄話してるヒマないんだ」

「え……」

「今日は、黄純のワガママで呼んだだけだから特に仕事もないし。スタッフの邪魔にならないように、適当にしててくれ」

まるで、本当は迷惑なんだとでも言わんばかりだ。傷つくヒマもなく瑛介は去り、樹人は置き去りにされた子どもの気分で彼の背中を見送るしかなかった。

「あの人、なんか怒ってる?」

いつもは樹人へ向けられる定番なセリフが、思わず平間の口から出てくる。

「樹人と、絶対目を合わせなかったよねぇ」

「………」

認めたくはなかったが、平間の指摘にも反論はできない。それくらい、瑛介の態度はあからさまだったのだ。

少し前にも、一週間ブランクが空いたことはあった。だが、あの時は再会した瞬間からある種の連帯感がすぐ蘇《よみがえ》ったのに、今は意識的にそうなるのを避けているようだ。

「なんか、仕事しなくちゃ…」

なんとか気を取り直し、樹人は重い足取りで篠山を捜しに走っていった。

　愛車の青いロードスターの中で、瑛介はだるそうに煙草《たばこ》をくゆらせている。開け放した窓に腕をかけ、暮れかけた空をボンヤリ見上げながら、彼は何度目かのため息を漏らした。

「いたいた、荒木くん」

　休憩だというのに、篠山はなかなか一人にさせてくれない。張り切った顔でドアの外に立ち、軽快なノックをしてきた。

「なんかさ、すっかり俺も荒木番らしくなったと思わない？　やり手の伊島《いじま》女史から引き継いだ当初は、我ながら不安だったけどさ」

「まぁな。それに〝ジェット〟が決まれば、おまえの株も大幅アップだし？　誰も、社長のドラ息子って目では見なくなるよ」

　いつか篠山に言われたセリフを意地悪く返して、瑛介は深々と煙を吸い込む。だが、篠山は少しも気にした風もなく頷《うなず》いた。

「現場には来ないけど、実は伊島女史もチームには入ってるんだ。彼女、荒木くんのこと気にしてるみたいだよ。ほら、カメラを壊したまま疎遠になっちゃったから」

「今更、何を言ってるんだか…」

　呆《あき》れ顔で空を見上げ、思い切り不機嫌な顔を見せる。今日の瑛介はきちんと髭《ひげ》を剃《そ》っており、端正な顔立ちを復活させていた。

「…篠山。あのな」

「え？」

「俺、ちょっとまずいかもしれない。ごめん、先に謝っておくわ。…ごめんな」

「ど、どうしたの？　荒木くんが素直に謝るなんて、よっぽどのことじゃん」

「だから、よっぽどのことなんだよ」

「もしかして…樹人くんのこと？」

　薄々は気づいていたのか、能天気な彼にしてはいきなり核心をついてくる。瑛介が樹人に対する態度は、それくらい誰の目にも不自然だったのだろう。何せ、まだオフレコとはいえ樹人は大口の仕事を得るかもしれない大切なモデルだ。普通なら、もっとちやほやご機嫌を取ってもいいくらいだ。

「ま、そんな彼をタレントのご機嫌取りに呼びつけちゃった俺も罪だけどさ。でも、そのことじゃないよね？」

「………」

「あのさ、別に今更おだてる必要はないと思うんだよね。樹人くん、頭のいい子だし。でも、前より冷たくなるのもどうよ？　聞けば、電話の一本も入れてなかったんだって？　可哀相に、すっかりショゲちゃってるよ」

「…いろいろ考えてたんだ、俺なりに」

「もしかして、今更樹人くんは使えないとか言い出すんじゃないだろうね？」

冗談じゃないぞ、という口調で篠山は更に詰め寄ってきた。

「俺、樹人くんいいと思うよ。今日、久しぶりに彼を見てびっくりした。なんていうか…めちゃくちゃ綺麗《きれい》になってるじゃん。おまけに目許が柔らかくなってるし、雰囲気が…」

「だからだよ」

腹立たしげに相手のセリフを遮《さえぎ》り、瑛介は吸いさしを灰皿へギュッと押しつける。

「だから、まずいんじゃないか」


休憩の間にスタッフの夜食を買いに行っていた樹人は、戻るなり顔を曇らせた。

ずっと不機嫌そうだった瑛介が、笑っている。それも、談笑の相手は——平間だ。

（なんで…いつの間に……）

先刻とは打って変わって、瑛介は愛想よく相づちなんか返している。平間は人見知りしない性格で、見た目も上等だからよく目上の人間にも可愛がられるが、それにしたって自分への対応との差がありすぎる。樹人にとっては、かなりショックな光景だった。

（なんだよ…結局、相手が男でも女でも顔が良けりゃ気に入るだけのことじゃん…）

レンズを弁償しろと樹人に迫った時、これが平間だったら対応が違ったんじゃないかと樹人はちらりと思った。その理由が、今ならよくわかる。樹人は、心のどこかで平間に対してずっとコンプレックスを抱いていたのだ。ただ、プライドが邪魔をしてそれを長いこと認められなかっただけだ。常に華やかな友人と一緒にいて、平間のことは好きだったけれど、素直に態度には表せなかった。

(あの変態野郎…肩なんて抱きやがってっ)

思いがけず親密な雰囲気の彼らを見せつけられ、深い後悔が樹人の胸に生まれる。平間を紹介したりなんか、するんじゃなかった。もし瑛介が彼を気に入って、樹人の代わりに平間を撮るなんて言い出したら、自分は冷静でいられるだろうか。モデルなんか、別になれなくてもいい。だけど……――。

(キスなんて、荒木さんには大した意味もないのは…わかってたけど…)

それでも、キスはキスだ。樹人の唇に残された温もりは何より愛しかったし、簡単に消し去りたくもなかった。

「あ、樹人じゃん。お帰り～」

平間がこちらに気づいて、右手を上げる。けれど、振り返った瑛介の表情はすっかり無愛想なものに戻っていた。悲しみと怒りがないまぜとなり、樹人は思わず唇を噛《か》む。そのままツカツカと二人に近づくと、買い物袋を乱暴に瑛介の胸へ押しつけた。

「これ、皆の夜食だから」

怒りは、悲しみを凌駕《りょうが》する。返事をしない瑛介へ向かい、樹人は上目遣いで彼を睨《にら》みつけた。

険悪な空気を読んだ平間が、そろそろと手を下げるのが見える。だが、人の目などもう気にしていられなかった。

「聞いてる？　なんでもいいって言っといて、実は好き嫌いがかなりあるんだよな？　だから、先に好きなのを選びなよ。いつもいつもそんな風で、俺はもう…あんたの気まぐれに付き合うのはウンザリなんだから！」

樹人が声を荒らげても、瑛介は相変わらず無表情で何を考えているのかわからない。それが歯がゆくて、樹人はもがいた。一言でいいから、彼の本音を引き出したかった。

「なんなんだよ…」

無力感と闘いながら、瑛介を見る。

「なんなんだよ、あんたはいつもいつも！　その時の気分で俺のこと振り回して、ガキだと思って適当にしてるのかよ！　そんで、今度は俺の友達を使って、また何かやらかすつもりなのか？　そうだよな、紀里谷晃吏《きりやこうじ》みたいな奴が側にいれば、たまには素人の高校生にだって興味が湧《わ》くよなぁっ」

「おい、樹人。おまえ、どうしたの？」

見かねた平間が口を挟んできたが、樹人は完璧に彼を無視した。今、樹人の目には瑛介しか映っていなかった。

「なんとか言えよっ。どうして、俺を見ないんだよっ。あんた、言っただろう？　俺を撮りたかったって。他の奴はいらないって。俺、すごく…すごく嬉《うれ》しかったんだ。あんな風に言われたの初めてで…でも、だから誰でもいいってわけじゃなくて。だから…」

今が休憩中なのは、樹人にとって不幸中の幸いだった。スタッフの多くは持ち場を離れていて、瑛介に食ってかかっても止めに入る者などいない。初めて見る親友の激しさに驚いたのか、平間ももう何も言わなかった。

「なんで…黙ってるんだよ……」

さんざん罵倒《ばとう》しているのに、瑛介は頑なに口を開かない。眼差しは樹人へ注がれているのに、綺麗な薄茶の瞳はなんの感情も浮かべてはいなかった。

「荒木さん……」

「…………」

「…わかった。要するに、俺とは話したくないってことなんだろ。あんなことがあって、俺に馴《な》れ馴れしくされたら…迷惑だから」

「それは……」

反射的に、瑛介が何かを言いかける。だが、すぐに口をつぐんでしまい、否定の言葉も肯定の言葉も続くことはなかった。

樹人は絶望的な気分になり、とうとう瑛介から目を逸《そ》らす。「おまえを見た奴らが、皆〝ジエット〟を欲しがるようになる」。そう得意げに語った瑛介は、消えてしまったのだ。目の前にいるのは、自分をその他大勢としか見ない唯の大人だった。

「もしかして…俺にモデルを引き受けさせようとして、いろんなこと言って気を引いたわけ…？　キス…とかしたりしたのも…？」

「あれは…」

さすがに黙っていられなくなったのか、瑛介の声に僅《わず》かな感情が混じった。

「言っただろ、あれは魔が差したんだって。酒も入ってたし、おまえはモデルなんかできないって駄々をこねるし…いわゆる、弾みってヤツだよ。深い意味なんかない」

「………」

ようやく答えが得られても、愛情とは別物なのだと言われている以上、悪戯《いたずら》に傷が増えただけだ。ダメ押しをされた気分で、樹人は重く口を開いた。

「俺は、本当にガキだったよ」

一度目を閉じてから、長い長い吐息をつく。瞼《まぶた》にいろいろな場面が浮かんでは消えたが、不思議と喪失感はまだ感じなかった。

「同じ男のあんたに、ボーッとなったりしてさ。自分でもどっかおかしいと思ってたけど、どうせ住む世界も違うんだし、勝手に想ってるくらいならいいかって…それを……」

「………」

「どうして、キス一つでブチ壊すんだよ。あんた、大人だろう？　魔が差したって、そういう理屈がガキの俺に通用すると本気で思ってんの？　俺は…俺は、あんたが……」

瞳より先に声が潤み始め、樹人は慌てて唇を閉じた。時間になったのか、俄《にわ》かに背後が賑《にぎ》やかになり、少しずつスタッフがスタジオに戻ってき始める。

「…わかった」

しばしの沈黙の後、瑛介が耳を疑うような一言を口にした。

「おまえ、もうバイト来なくていいから」

「え……？」

「どっちにしろ、そう言うつもりだったんだ。〝ジェット〟が決まったら、おまえにはモデルとしての契約金が入る。レンズなんか、いくら買ったっておつりのくる金額だ。でも、もともとおまえがいなきゃ取れない仕事だったんだから、それでチャラにしてやるよ」

「だって…まだ結果は出てない…」

「絶対に取るって、言っただろう？　そうしたら、俺も忙しくなる。もっと使える奴を雇わなきゃ、仕事になんないしな」

「な…にを…言ってんだよ……」

樹人の足下が、一瞬のうちにぐにゃりと形を無くした。そうじゃない、そんな言葉が聞きたくて文句を並べたんじゃない。瑛介にそう迫りたかったが、声が全然出てこなかった。

「荒木さん、それはちょっと一方的じゃありませんか。話がムチャクチャ。理解不能だ」

珍しく語尾に怒気を含ませて、平間が青ざめた顔の樹人を庇《かば》う。

「バイトの話も、半ばあなたが強引に決めた。それが、モデルをやるならチャラってなんなんですか。樹人は、あんたらの都合で動くコマじゃない。彼の気持ちは、どうなるんだ」

「…部外者は、黙ってろ」

「こいつは、俺の大事な親友だ。あなたがどんな人か興味があったからついて来たけど、もう気が済んだ。彼は連れて帰ります」

きっぱりと断定すると、平間は優しく樹人に歩くよう促す。

「ああ、そうだ」

ドアに手をかけた彼は、わざとらしい声でもう一度瑛介を見た。

「姉が、よろしくと言ってました。〝ジェット〟の企画チームに、入っているそうなので」

「お姉さん…?」

「知ってるでしょう。伊島澪子《れいこ》ですよ。今や彼女は離婚寸前で、実家に戻ってきてます」

「おまえが？　澪子の弟？」

驚く瑛介の顔を見て、平間は満足そうな笑みを浮かべる。会話の意味がわからない樹人だけが、不可解な表情で二人を見比べていた。

「それじゃ、お邪魔しました」

樹人の手を引っ張り、平間はスタジオから悠々と出ていく。瑛介が引き止めないのは、もちろん計算済みだった。

三日後。篠山から、正式に〝ジェット〟の仕事が決まったと連絡がきた。明日にでも、契約とスポンサーへの挨拶《あいさつ》を兼ねて保護者同伴で会社まで来てくれと言う。だが、樹人はその申し出を断った。「やっぱり、自分にモデルなんて務まらない」と突っぱねると、篠山はずいぶん長いこと電話口で絶句していた。

「樹人くん。それは、とても困るよ」

陽気でおしゃべりな篠山が、ただ「困る」とだけ何度もくり返す。しかし、彼のショックの大きさは却《かえ》ってよく伝わってきた。

けれど、樹人はごめんなさいとしか言えなかった。ただ謝るばかりで理由を口にしない彼へ、また電話するからと言って篠山もその日はようやく諦《あきら》めてくれた。

本当にガキだな…と、電話の後で樹人は自己嫌悪に目一杯襲われる。断る理由など、あってないようなものだった。要は瑛介に冷たくされて、拗《す》ねているだけなのだから。日常の生活の中で自分を大人とか子どもとか意識することはあまりなかったが、瑛介と対峙《たいじ》すると自分がとても幼くなっているのに樹人は気がついていた。

『魔が差したんだ』

そう言われて胸が痛んだのは事実だが、どこかで（ああ、やっぱり）とも思っていた。晃吏のことはおいておくとしても、瑛介が平凡な自分に恋をするとは思えなかったし、モデルとして見込んでくれただけでもかなりすごいな、とはわかっているのだ。それ以上を欲しがるのは、ワガママかもしれない。そんな自分の想いが鬱陶《うっとう》しくて、瑛介は調子に乗るな、と言いたかったのだろうか。だから、急に冷たくなったんだろうか。

いつからだったんだろう、と樹人は考える。

一体、いつ瑛介に恋をしていたんだろう。

そうして、いつ失恋してしまったんだろう。

何もかもわからないことばかりで、ただ瑛介を恋しく想う気持ちだけが膨《ふく》らんでいく。あんなにつれなくされても、心から彼を憎いとは思えなかった。怒りと悲しみが交互に樹人を訪れ、そのたびに瑛介のセリフを頭で反芻《はんすう》する。やがて怒りが尽き、悲しみだけが心を満たすようになると、思い出すのは「おまえを撮りたかった」という一言だけになった。

（なんで、俺だったんだろう）

その疑問は、樹人の中に初めからあった。晃吏に借りを作ってでも樹人でいきたかったと瑛介は語ったが、そこまで見込まれるほどの魅力が自分にあるとは信じられない。

（もしかして…単に、紀里谷さんを使いたくなかっただけなんじゃないかな）

終いには、そんなことまで考えたりした。

瑛介は、コネを使わずに大きな仕事をやり遂げて、世間に自分の真価を認めさせたいと思っている。それなら、〝ジェット〟に晃吏を使うなんてもっての外だろう。とにかく、彼以外のモデルで成功しないことには瑛介の目標は達成されないのだから。

（たまたま、俺が近くにいたし。俺なら、無名だから痛くもない腹を探られないし…）

一時の感情で仕事を断ってしまった後ろめたさも手伝って、樹人はどんどん不健康な想像にのめりこんでいった。それなら、当て馬の自分が降りたところで問題はないだろう。瑛介も篠山も、また代わりを探せばいいだけだ。現に、「また電話する」と言った篠山はおろか、張本人の瑛介すら少しも連絡をしてこなかった。だったら、こちらも責任を感じて悩む必要なんかどこにもない。

「あんな奴らなんか…〝ジェット〟なんか、もう関係ない。…どうでもいいさ」

負け惜しみを口にしつつも、樹人はひどく淋しかった。もう一度、瑛介の口から「おまえが撮りたい」と言われたかった。好かれるのが無理なら、せめてモデルとしてだけでもいい。瑛介に必要とされたかった。

（…けど、やめるって言っちゃったし……）

連絡がないということは、彼に呆れられたということだろう。今更、ごめんなさいの一言で復帰できるわけがない。

事態になんら進展を見ないまま、世間ではもうすぐ夏休みが始まろうとしていた。

期末テストが終わって初めての週末だというのに、樹人は相変わらず暗かった。くよくよしていたせいでテストの出来はさんざんだったし、一人で外へ遊びに出かける元気もない。結局一日部屋にこもって終わろうとしていた時、平間が電話で「これから、そっちへ行ってもいいか」と言ってきた。

時計を見るまでもなく、外はすっかり陽が落ちている。こんな時間に珍しいな、とは思ったが人恋しい気分でもあったので樹人はそれを承知した。それに、平間と学校以外の場所で会うのは久しぶりだ。

電話から三十分後、平間はいつもの飄々《ひょうひょう》とした様子でやってきた。

「どう？　絶賛失恋中の気分は？」

「誰が絶賛してるんだよ、誰がっ」

自室へ通すなり遠慮のない口をきかれ、樹人はすかさず言い返す。だが、見慣れた友人の笑顔を見ていたら、少しだけ和んだ気持ちに包まれた。

「今日は、けっこう暑いよ。もう夜なのに」

平間は勝手にクーラーの前へ陣取ると、すぐに寛いだ表情になる。取り乱した姿を見せた気まずさから、学校でもなかなか自然に接することができなかったけれど、他人の目がない場所ならまともに話ができそうだ。

確かに、平間はコンプレックスを感じる相手には違いない。だが、瑛介から自分を庇ってくれた態度には樹人は感動すら覚えていた。だからこそ、彼にはちゃんと状況を説明して自分の気持ちをわかってもらいたかった。

「モデルの仕事、断ったんだって？　それ、あの男のせいでしょ？　カメラマンなんて遊んでる奴が多いんだから、食われちゃわないようにって忠告したじゃん」

「荒木さんは、別に遊んでなんか…」

「だけど、あれから二週間たっても音沙汰《おとさた》なしなんでしょ。やめるって駄々こねても、なしのつぶてなわけ？　うっわ、薄情な奴だね。もうやめちゃえば、ああいう男は」

未練があるのをしっかり見抜かれて、樹人は力なくベッドへ座り込む。心なしか、顔が赤くなっているような気がした。

「…平間、おまえ気持ち悪くないの？　俺が男とキスして…好きになったりしてさ」

「別に？　だって、俺はどっちもイケる人だもん。男でも女でもね。博愛主義だから」

「えっ！」

「いや、男はまだ実践したことないんだけどさ。それよか、樹人に会わせたい人がいるんだよ。

ぜひにと頼み込まれて、俺としても断れなくて。会ってくれる？」

その言葉に、樹人の心臓がドキンと高鳴る。だが、平間は困った顔で首を横へ振った。

「ごめん。荒木さんじゃないんだ。おまえにその手のお節介をして、前に怒られたしさ」

「あ、違うんだ……」

「露骨にガッカリしてるな。そうか、そんなに好きなのか。まぁ、そうだろう」

一人で納得しながら、平間は微笑《ほほえ》む。

「大体、最初から怪しいと思ってたんだ。なんで女の責任は問わず、樹人だけを脅迫するようにバイトさせたのか。しかも、雑用どころかアジアを巻き込む一大プロジェクトの主役ときたもんだ。話が胡散《うさん》臭すぎる」

「そ…そうかな…」

「…樹人くん。君の鈍いところ、荒木氏は大変有難かっただろうねぇ。自覚されない樹人の魅力を引き出すのに、きっと苦労しなかっただろう。あ〜あ、君にはなるべく素朴なままでいてほしかったのに…残念だよ」

そう言われて、樹人は思い出した。バイトを始める前、平間が意味深に吐いた『樹人は、自分をよくわかってない』というセリフを。

「あれって…こういう結果を指してたのか」

「当然だろ。あんなに強引なナンパ…もとい、スカウトも珍しいんじゃない」

平間は「そろそろいいかな」と独り言を呟《つぶや》くと、閉じたドアに向かって声をかけた。

「なぁ、そうだろ。姉さん？」

「姉さん…って…」

その言葉を合図に、ゆっくりとドアが開かれる。やがて現れた顔を見て、樹人は短く声を上げた。忘れもしない、カメラを持って瑛介の車から飛び出し、樹人にぶつかった女性だったからだ。あの時はミニタイトだったが、今日はスラリとした紺のパンツスーツで口紅も抑えたベージュ色だった。

「樹人、紹介するよ。伊島澪子。出戻り予定の俺の姉。実は、〝ジェット〟の広告にも携わってるCMプランナーなんだ」

澪子が、静かに頭を下げる。驚きのあまり声の出ない樹人へ、平間は悪戯っぽい口調で更に追い打ちをかけた。

「どう、樹人？　これで、俺が業界の情報に詳しかった理由がわかったかな？」


伸ばした人差し指を一度止め、樹人はおずおずと引き戻す。先刻から、もう十五分は同じことをくり返していた。

（…だってなぁ……）

澪子の話を聞いてから、矢も盾もたまらず家を出てきてしまった。けれど、瑛介の部屋に明かりがついているのを確認したら、急に気後れしてしまったのだ。冷静になってみればもう夜中の十一時近くだし、他人の家を訪問するには遅すぎる時間だった。

（それに、もし帰れって言われたら…）

万一、冷たくそうあしらわれたら今度こそ立ち直れないかもしれない。ドア一枚隔てた向こうには愛しい相手がいるのに、なんだか別の世界へでも繋《つな》がっているようだ。

（何、気弱になってるんだ。頑張れよっ）

樹人は、自分を叱咤《しった》激励した。第一、いつまでも玄関の前に突っ立っているのでは、一体なんのためにここまで来たのかわからない。覚悟を決めて軽く深呼吸をすると、今度こそ呼び鈴を押す指に力を込めた。

少しの間の後、人の気配が近づいてくる。樹人は思わず逃げ出したくなったが、なけなしの勇気を振り絞ってその衝動に耐えた。たとえどんな結果になっても、後で後悔しない自分でいたかった。

「――樹人」

ドアを開けた姿勢のまま、瑛介はしばらく言葉を忘れたように黙っている。まさか、こんな夜中に樹人が訪ねて来るとは思ってもみなかったのだろう。

「よく、俺が家にいるってわかったな」

「澪子さんが教えてくれたんだ。今日は、荒木さんはオフだって。だから…」

「澪子が?」

　彼女の名前を出した途端、瑛介の目にさっと警戒の色が浮かぶ。一体何を吹き込まれてきたんだ、とその表情が言っていた。

　実際に顔を合わせるまではあれこれ悩んでいた樹人だったが、案外すんなりと瑛介は中へ通してくれた。

（なんか…久しぶりだなぁ……）

　一歩歩くごとに、懐かしい煙草の香りが鼻腔《びこう》をくすぐっていく。ここでネガの整理をしながら、自分の中に芽生えた不可解な想いに心を悩ませていた日々が、今となってはとても遠いことのように思えた。

（〝ジェット〟の話も、ここで初めて聞いたんだもんな。篠山さんから、電話があって）

　考えてみれば、ここは事務所も兼ねているのだ。もしかしたら、オフとはいえ瑛介は何か仕事中だったかもしれない。ネガの整理も結局は終わらせていなかったのを思い出し、樹人は切ない気分になる。だが、感傷に浸りつつリビングに入った樹人を迎えたのは、あまりに意外な光景だった。

「あ……」

床一面に、樹人の写真が散らばっている。代理だと言われたポラロイドやプレゼン用の写真はもとより、一体いつの間にシャッターを切ったのかと疑うようなショットまで、あらゆる顔をした樹人がそこにいた。

「なんで…どうして……」

それ以上、言葉が上手く出てこない。

買い物袋を下げて走る姿、両手にバラを抱えた仏頂面、あるいは黄純に食ってかかっている横顔など、どれもが樹人の胸に忘れがたい記憶として残っている場面ばかりだ。

「荒木さん…いつの間に……」

「おまえ、俺の商売忘れたのかよ？　いいと思った瞬間は、必ず撮ってあるさ。なんせ、カメラと一心同体だからな」

偉そうにうそぶく彼を見て、また樹人の胸は微かに痛んだ。

写真を踏まないように注意しながら、瑛介はソファのひじ掛けに腰を下ろす。長い足を窮屈そうに組んだ彼は、「…で？」と傍らに立ち尽くす樹人を仰ぎ見た。

「こんな時間にアポなしで来たからには、それなりの理由があるんだろう？」

「だって…電話したら、来るなって言われるかもしれないって思ったから…」

「俺が？　なんで？」

「なんで、じゃないだろっ」

あまりにとぼけた返答に、緊張していた樹人も思わず声を荒らげた。夜中に家を飛び出してここへ来るまで、どうしても瑛介に会わなくちゃ、とそればかり思っていた。まだ残る不安と闘いながら、ただ瑛介のことだけを考えていたのだ。それなのに、この男はどうしてこんなに意地悪ばかり言うんだろう。

持ち前の負けん気が復活し、樹人は余裕の表情の瑛介へ詰め寄った。

「あんたが…あんたがバイトやめろって！　それに、俺がモデルやめるって言っても全然何も言ってこないし。そしたら、もう関係ないって思われてるのかなって、誰だって思うじゃないかっ。俺が…俺が、ここへ来るのにどれだけ勇気が必要だったかわかるかよっ」

「何、寝ぼけたこと言ってるんだ」

樹人の勢いにも少しも動じず、瑛介はさらりと文句をかわしてしまう。顎をしゃくって樹人の写真を指した彼は、自信たっぷりな口調で断言した。

「あれ、見てみろ。おまえが、モデルを降りたりなんかするもんか。それに、何度言えばわかるんだよ。〝ジェット〟はおまえ自身だ。他の奴で撮っても、意味がないだろう」

「それだったら…なんで……」

「なんで、電話の一本もかけてきて熱心に口説いてくれなかったのかって？　せっかく、ワガママ言ったのに？」

再び意地の悪い言葉を向けられて、樹人は何も言い返せずに俯《うつむ》く。確かに、「やめる」と言った時、瑛介が慌ててくれるのを心のどこかで期待していた。そんな幼さを、すっかり見抜かれてしまっている。

「信じてたからだよ」

落ち込む樹人の頭に、やがてポツリと声が降ってきた。

「信じてたんだ、おまえを。それから、おまえを選んだ自分自身を。樹人は、絶対途中で降りたりしない。篠山が俺に泣きついて、なんとかしてくれって言ったけど、俺は微塵《みじん》も揺らがなかった。こうして…」

「え?」

「——来るって、わかってたからな」

「…………」

この人は、一体なんなんだ。

気がついたら、樹人は心でそう呟いていた。今までにも、何度も瑛介を（なんて自信過剰なんだ）と呆れたり感心したりしてきたが、今夜の彼にはまさしく開いた口が塞《ふさ》がらない。あれだけ人を悩ませておきながら、この不敵な態度は本当になんなんだ。

恐らく、樹人の思いは全部顔に出ていたのだろう。瑛介はそれこそ勝ち誇ったような笑みを唇に刻むと、不意に立ち上がった。

「澪子、なんて言ってた?」

「なんて……って……」

間近から瞳を覗《のぞ》き込まれて、樹人は思うように話せなくなる。逸らすのは悔しいし、仕方なく睨み返していると、やがて満足そうに瑛介が言った。

「…よし。復活したな。それでこそ、撮り甲斐《がい》もあるってもんだ」

「………」

「樹人？」

瑛介の言葉は、魔法と同じだった。

確かに、自分は復活した。落ち込みと自信喪失の日々から、瑛介の「信じていた」の一言で。彼は、僅《わず》かなためらいもなく言ってのけたのだ。〝ジェット〟はおまえ自身だ、と。

不思議なほど、力が全身にみなぎってくるのがわかった。樹人は、こんな風にずっと誰かに認めてもらいたかった。おまえでなければ、というセリフを、長いこと待っていた。

今、自分はそれを瑛介に言わせたのだ。他の誰でもない、一番大好きな相手に。

「荒木さん…俺……」

「ん？」

「俺、やるよ。〝ジェット〟の仕事」

情けないことに、少しだけ声が震える。樹人はゆっくりと瞬きをし、あらためて瑛介へ向き直った。

「ワガママ言って、すみませんでした。これから、死ぬ気で頑張るから。だから…」

張り詰めた瞳が、不意に潤みそうになる。樹人は、再び深呼吸をくり返した。

「だから、俺を撮ってよ。荒木さん」

「樹人……」

言い終わった瞬間、スッと胸が軽くなった。この一言が言えるようになるまで、瑛介は自分を待っていてくれたのだ。その事実だけで、樹人はなんでもできそうな気がした。

「澪子さんに、聞いたんだ。荒木さんが、最初から俺を撮るつもりで声をかけたってこと。モデルは成り行きなんかじゃなくて、俺は荒木さんにちゃんと選ばれてたんだって」

「…………」

「だから、それが本当なのか荒木さんに訊《き》きたくて。それで…我慢できなくて……」

話している間に、瑛介はふいと右手を上げた。その指先が、樹人まであとほんの少しというところで止まり、思い直したように引き戻される。彼はそのままシャツの胸ポケットに手を突っ込むと、無造作に箱から煙草を一本取り出した。だが、いつまでも火をつけずにただ唇に挟んでいる。視線は少しも動かずに、樹人へ向けられたままだった。

やっぱり、この人がすごく好きだ。

樹人は、つくづくそう思った。瑛介の何気ない仕種《しぐさ》は、いつでも樹人の注意を甘く惹《ひ》きつける。けれど、今はそんな呑気《のんき》なことを考えている場合ではなかった。ちゃんと自分の責任を果たせるようになるまで、しばらくこの気持ちは封印しておかねばならない。

ひょっとしたら、永久に封印したままかもしれないな。そう思うと悲しかったが、彼と何も接点がなくなるよりは何倍もマシだった。

「俺、選ばれてたんだって知って嬉しかったよ。でも、同時に反省もしたんだ。荒木さんにかまわれないからって、ふて腐れてモデルやめるなんて言って。いろんな人に、迷惑かけるところだった。澪子さんも、俺が降りるって話を聞いてわざわざ訪ねてきてくれたんだ。荒木さんがなんとかするだろうと思ってたけど、〝樹人はやる〟って言ったきり一人で仕事を進めてるから、不安になったんだって」

「…土壇場でもまだグズグズ言うようなら、攫《さら》ってでも撮ってやるつもりでいたからな」

「男を攫う趣味はないって、言ったくせに」

完全に蘇った「欲しくなる」瞳を瑛介へ見据え、樹人は微かに苦笑した。

「俺を見つけたのは、荒木さんだ。それは、俺にとって一番のプライドだよ。だから、あんたが撮るなら、俺はモデルになる。もう、二度とその決心は変わらないから」

瑛介は黙っている。でも、微かに動いた瞳が、見た目ほど彼が冷静ではないことを充分に物語っていた。

「澪子さんが言ってた。荒木さんのことが好きで、一生懸命アプローチしてたって。でも、全然脈がなくて諦めようかと思ってた時、車で誘われて嬉しかったんだって」

澪子は、その話を樹人へする時だけ心底悔しそうな顔になった。瑛介が向かったのは『3ーGO』のポスターが張り出されたファッションビルで、彼は人々がどんな反応をするのか見たかっただけだったと。あのポスターは澪子がディレクションしたものなので、当然彼女も興味があるだろうと野暮な勘違いをした瑛介は、その結果としてカメラを奪われた。

「でも、彼女を決定的に怒らせたのは…やっぱり俺だったんだよね。俺が女の子の腕を振り払って歩き出したのを見た荒木さんが、急に目の色を変えたって」

「…おまえ、すげぇ機嫌の悪そうな顔してたからな。目立ってたんだ、誰よりも」

「それが、荒木さんの〝ジェット〟のイメージを膨らませたんだろ？　何を話しかけても上の空なんで、とうとう切れたって澪子さんが話してくれた。俺にぶつかったのも、八つ当たりだったって謝ってくれたよ」

「でも、そのお陰で樹人と知り合う口実ができたんだから、俺は感謝してるさ」

「…本当、ひとでなしだよね」

この上なく愛情のこもった声で、樹人は甘く瑛介を罵《ののし》った。

「言いがかりみたく弁償なんて言い出して、まだ十七歳の未成年を脅したんだよ？」

「俺、おまえのことならわかるから」

「え？」

「一目でわかったんだ。おまえは、俺と同じ種類の人間だって。だから、あの状態でモデルやりませんか、なんて声をかけたって、どうせ取り合わないと思った。それどころか、どこまでも依怙地《いこじ》になってたと思うぜ」

「それは…モデルってガラじゃないし…」

「でも、おまえがいいんだ」

瑛介は、力強く言ってのける。

「俺は、おまえを撮るためならなんだってする。脅迫だろうが誘拐だろうが、かまわないさ。樹人、おまえにはそれだけの価値がある」

「荒木さん……」

樹人は思わず胸が詰まり、しばらく何も言えなくなってしまった。

瑛介に出会うまで、自分はなんの取り柄もないと思っていた。今だって、別に自信に溢《あふ》れているわけじゃない。髪型や顔つきが多少洗練されても、本質なんてそうすぐには変わらないから。ただ、大好きな瑛介が望むなら、そうして少しでも自分にそれが可能なら、頑張ってみようと決心しただけだ。

自分がモデルを頑張ることで瑛介が認めてくれるなら、せめて精一杯努力をしたい。それは瑛介のためではなく、あくまで彼を好きになった自分のために、だ。

撮られることが自分と瑛介を繋ぐラインになるのなら、樹人は大事に育てたかった。

「確かに、俺は素人だけど」

瑛介から目を逸らさずに、樹人は丁寧に唇を動かす。

「心持ちだけは、ちゃんとプロでいようと思うんだ。責任はちゃんと果たして、やれるだけの努力はするよ。荒木さんが撮ってくれるのに、中途半端な顔は見せられないから」

「そうか」

短く、瑛介は答えた。

唇から煙草を外し、彼は笑った。

「それなら、受けてたってやる」

二人はしばし睨み合い、互いの身体に触れることなく別れる。

樹人を見送った瑛介は、最後に言った。


次に会う時は、真剣勝負だな。


真夏の温《ぬる》い風が、ゆったりと流れていく。時間の止まった空間で、崩れかけた柱が微かに軋《きし》んだ音をたてた。

「あ、樹人くん。あんまり歩き回らないで。あちこち老朽化してて、危ないから」

へアメイクと着替えを済ませた樹人がロケバスから降りると、瑛介の新しいアシスタントの青年が慌てて注意をしてきた。

今日は、いつにも増して現場の空気が張り詰めている。忙しく駆け回るスタッフの表情にも緊張がみなぎり、樹人も自然と背筋が伸びる思いだった。

「あの…荒木さんは？」

「樹人くんの立ち位置、決めてる。でも、今は話しかけない方がいいよ。どうせ、耳に入らないと思うし…ピリピリしてるから」

レフ板を持った彼は、それだけを言うと急いで去っていく。だが、むしろ青年のくれた情報は樹人にとって好ましかった。それなら、こちらもやりたいようにやるだけだ。

「しっかし、宝石の広告だよ？　普通、こういう荒《すさ》んだ場所を選ぶかなぁ…」

樹人がそんな独り言を漏らすのも無理はなく、先日から続いている〝ジェット〟の撮影は全て瑛介がロケハンしてきた海沿いの遊園地跡で行われていた。彼の部屋の壁に無造作に留められていた、あの寒々とした風景だ。

「確かに、外で撮るとは言ってたけど…」

「何、一人でブツブツ言ってるの？」

突然声をかけられて振り向くと、澪子と篠山が並んで立っていた。今日が撮影の最終日なので、彼女も現場にやってきたらしい。今回のプロジェクトは澪子がチーフを務めており、渉外に走り回るのが仕事なのだ。そのためなかなか現場に来られないとこぼし、「撮影許可取るの、大変だったんだから」と瑛介に恩きせがましく言っていた。

「お疲れさま、樹人くん。炎天下のハードスケジュールによくついていってるわねぇ」

「そんな、大丈夫です」

「仕方ないですよ。夏休み中に全部の撮影を済ませないと、間に合わないんです。東京に戻ったら、すぐCMの打ち合わせもあるし」

「まぁ、篠山くんってばすっかり樹人くんのマネージャー気取りだわね」

「ええ…ファンですから」

樹人が赤くなるのをわかっていて、篠山は澄ました顔で澪子に答える。実際、全ての撮影に立ち会っている彼は、日を増すごとに成長する樹人に尊敬の念すら抱いていた。

「昨日見学にきたスポンサーもね、樹人くんのこと褒《ほ》めてたよ。荒木さんとの間に、心地好い緊張感があって良かったって」

「あ、ありがとうございます」

真っ赤になって頭を下げた樹人は、スタッフから「樹人くん、お願いします」と呼ばれたのを機にそそくさと走っていく。その後ろ姿を眺めながら、篠山はしみじみと言った。

「なんだかなぁ。カメラの前に立ってる以外では、本当に普通の子なんだけどなぁ…」

「そうね。不思議なくらい普通ね」

澪子も同意を示すと、にっこりと微笑む。

それから、彼女は確信を込めて言った。

「だからこそ、皆が彼を欲しがるのよ」


間もなく、陽が水平線の彼方へ沈もうとしている。三日にわたるロケは明け方のショットで始まったので、夕暮れ時を狙った撮影は今日が初めてだった。

「あんまり時間がないんで、皆も気を引き締めてくれ。樹人、観覧車の前に立って」

瑛介の指示に頷いたのはいいが、観覧車といっても歪《ゆが》んだ骨組みと残がいがあるばかりで、響きほどメルヘンなものではない。樹人は静かに地面を踏みしめ、深々と息を吐いた後、最後の〝ジェット〟の撮影に挑んだ。

「目線、空からゆっくり戻して」

瑛介の声が飛び、真っ白なシャツを風にはためかせながら樹人が空に眼差しを向ける。

オレンジに燃える雲が瞳に映り、視界が夏の色でいっぱいになった。樹人はそのままゆるりと視線を戻し、瑛介を挑戦的に見つめ返す。この色を撮れるなら撮ってみろ、と心の中でささやいた。錆《さ》びついた鉄筋に指先を伸ばし、この冷たさが撮れるか？　と挑発した。

樹人の声が聞こえるのか、瑛介は憑《つ》かれたようにシャッターを切り続ける。次々とアシスタントが渡すカメラに切り替え、彼は樹人の呼吸すら逃すまいとしているかに見えた。

「少し右へ歩いて！　身体を前に倒すな！」

どんな指示が飛んでも、樹人は即座に的確な反応を返す。その反射神経には、見ていたスタッフたちも内心舌を巻いていた。これが、少し前までカメラを向けられて困惑をあらわにしていた少年だろうか。そんな彼らの思いを代弁するように、かつて樹人の髪をカットしたヘアスタイリストが呟いた。

「今日の波、諦めただけの甲斐はあったよ」

「俺も、久しぶりにぞくっとする」

前回と同じく衣装を担当した久遠《くどお》も、彼の隣で興奮の面持ちのまま頷く。

「やっぱり、大ヒットだったじゃん」

それは、その場にいた全員の気持ちだった。

「樹人、目線がずれてる！」

そんな外野の声など耳に入る筈もなく、数百の樹人がフィルムへ焼きつけられていく。瑛介が求める『優雅な孤高』は、今や樹人そのものだった。無垢《むく》な瞳はそれ故に鋭く、微笑むことのない表情は冴えざえとした気品をたたえている。粗野なだけの仏頂面は消え失せ、磨かれた沈黙が表情を美しく彩っていた。

（――あ……）

撮られながら、いつしか前と同じ感覚に囚われているのに樹人は気づいた。周囲の音が途絶え、瑛介と世界に二人だけで残されたような錯覚。けれど、前と明らかに違うのは、自分もまた相手を同じ感覚へ引きずり込んでいるという手応えだった。

瑛介が何を感じているのか、樹人には手に取るようにわかる。視線がどこを辿《たど》り、何を欲しがっているのかまでリアルに伝わってくる。ラストの声がかかり、瑛介が左手を高く掲げた。のっている時の彼の癖だということも、もう樹人は知っている。

左手を追って、目線を再び上げた。

その瞬間、樹人の中で封印の結び目がスルリと解けていった。

「樹人！」

呼ばれて、静かに瑛介を見つめる。

声を出さずに唇だけを動かし、樹人は鮮やかにファインダーに向かって微笑んだ。

「え……」

「お、おい……」

禁じられていた微笑を見て、周囲にざわっと戸惑いの波が広がる。同時にフィルムの巻かれていく機械音が響き、瑛介は無言でカメラをおろした。

全員、彼が何か言うのではないかと緊張して身構える。だが、瑛介は大きく伸びをすると、ぐるりとスタッフを見回して言った。

「以上で撮影終了！　お疲れさま！」

その途端、ホーッと皆が胸をなで下ろす。彼らはまだ興奮冷めやらぬ気持ちを抱えながら、のろのろと撤収作業に取りかかり始めた。だが、安心したのも束の間、次の一言で再びギクッと動きが止まってしまう。

戻ってきた樹人の肩を掴《つか》み、瑛介は言った。

「…樹人。おまえは、話があるからちょっと来い。着替えなんか後でいいから」

薄い夕闇に包まれた中を、樹人は瑛介の背中を見ながら歩き続けている。太陽の最後の欠片《かけら》は、撮影終了と同時に彼方へと沈んでしまっていた。

「あの…怒ってんの？」

遊園地の外れは、海に突き出た広場になっている。どうやら瑛介が目指しているのは、その場所のようだ。崩れたベンチや瓦礫《がれき》が海風に晒《さら》されている光景を見て、樹人はますます心細くなってきた。

「なんとか言ってくれよ、荒木さん」

もしかして、本気で怒らせてしまったのだろうか。募る不安に耐えかねて何度も声をかけてみたが、一言の返事ももらえない。

「なぁ、説教ならちゃんと聞くからさ」

困り果ててそう呟いた時。

唐突に瑛介が足を止め、ものも言わずにこちらを振り返った。その顔がいかにも不機嫌そうだったので、樹人は思わず後ずさる。

「あ、荒木さん…?」

脅える樹人を逃がすまいとでもするように、瑛介は素早く両腕を摑んできた。そのまま強く引き寄せられ、抵抗する間もなく抱きすくめられる。何が起きたか把握する前に、もう目の前に瑛介の顔があった。

「あ…の……」

強張る唇に、瑛介のため息が軽くかかる。熱く湿った感触に背筋がぞくりとした時、樹人の唇は瑛介に深く塞がれていた。

濡《ぬ》れた舌が強引に侵入し、樹人は反射的に顔を背けようとする。けれど、瑛介の大きな手がそれを許してくれなかった。両側から顔を挟まれ、否応なしに口づけを受け入れさせられる。カメラを通した時と同じ、昂《たかぶ》った息遣いが微かに聞こえてきた。

「…ん……う…」

唇から溢れる声も、次の瞬間には全て飲み込まれてしまう。再び割り込んできた舌が、今度は樹人のそれに絡みついた。火傷《やけど》しそうなほど熱く、目眩《めまい》を起こしそうなほどなまめかしい。そんな動きに翻弄《ほんろう》され、樹人はとうとう自分から瑛介にしがみついた。

髪に絡まる指から、時折煙草の香りが漂ってくる。重ねた唇をきつく吸われるたびに、甘い陶酔が身体を駆け抜けた。上向かされた樹人は、唇から顎や首筋にまで瑛介のキスを降り注がれる。唇は麻酔を受けたように痺《しび》れ、吐息すら全部彼に奪われてしまった。

嵐のようなひとときが過ぎても、まだ瑛介は樹人を離そうとしない。きつく腕の中に抱きしめて、その背中へ愛しそうに手のひらを当てている。彼の体温がじわりと広がり、樹人の全身を温かく包み込んでいた。

どうしよう、と樹人は胸でくり返す。こんなの、全然想像もしていなかった。瑛介の温もりに包まれて、浴びるようなキスを受けている自分。感触はまだ生々しくて、指が緊張に震えている。心臓は、まるでタイムリミット間近の時限爆弾のようになっていた。

「…樹人」

掠《かす》れた声が樹人を呼んだのは、それから五分ほどもたってからだった。

「ラスト、いい顔だったな」

「え……」

「最高の笑顔だった。俺にとっては」

「…………」

しみじみと褒められて、樹人はようやくこれが夢じゃないんだとホッとする。肩の力が抜けた途端、ゆっくりと瑛介の言葉が身体に染み入ってきた。今までで、一番の褒め言葉だ。幸福な気持ちが心を満たし、樹人はやっと微笑むことができた。

あのラストショットは、今の自分を正直に出した唯一の顔だ。それを、樹人は瑛介に見ておいて欲しかった。二度と作れない微笑を、永遠に覚えていてもらいたかった。

それを、瑛介はちゃんとわかってくれたのだ。樹人は、心の底から幸せを感じた。

報われたんだ、とそっと呟く。少なくとも、モデルとしての責任はこれで全部果たせた。拗ねた子どもだった自分からも、少しだけ抜け出せたような気がしていた。

「俺…一瞬、殴られるんじゃないかと思った。荒木さん、あんまり怖い顔してたから」

「あのなぁ」

樹人が漏らした言葉に、瑛介は呆れたような声を出す。それから、そっと耳元に唇を近づけると甘い調子でささやいた。

「惚《ほ》れた相手を殴るほど、趣味は悪くない」

「え……」

思わず顔を上げ、樹人は瑛介を見返す。

温度の高い眼差しが、そこにあった。

「…今、とても大切な言葉を聞いた気がするんだけど……」

自覚するより先に鼓動を速めた心臓を宥《なだ》めながら、樹人は恐る恐る言ってみた。

「もしかして…惚れてるって言った…?」

「嬉しくないとは言わせないぞ?」

「だって、でも、そんなの…」

「おまえがラストショットで俺に投げた、あのセリフに対するこれが俺の答えだよ」

「わかってた…のか…」

さざ波のようだった感動が、今や樹人の全身を喜びに震えさせる。唇だけを動かして、声にならない告白を瑛介に贈った。届く筈もないし、答えなんて期待すらしていなかった。

でも、瑛介にはちゃんと伝わっていたのだ。

「当然だろ。公衆の面前で大胆な奴だな」

瑛介は樹人をもう一度抱きしめて、笑みを含んだ上機嫌な声で言った。

「スタッフの前でキスしなかっただけでも、俺は褒められてしかるべきだ」

「荒木さん……」

恥ずかしいのと嬉しいのとが混ざり合い、樹人はなかなか返事ができない。足下がふわふわとするのは、あまりの幸福感に酔っているせいだろう。

瑛介は僅かに腕の力を緩めると、満足そうな顔で繁々と樹人を見つめた。

「まるで、おっかないダイヤを拾った気分だ。俺、本当に人を見る目があるな。おまえは、本物の漆黒のダイヤだった。イミテーションの〝ジェット〟より、ずっと綺麗だよ」

「…褒めすぎだよ」

「惚れた欲目だ。気にすんな」

気分良く言い切る瑛介は、心からそう思っているに違いない。それがわかるだけに、どうにも樹人はこそばゆかった。元来、褒められるのに慣れてない上、これまでの瑛介とは全然態度が違うのだ。恋人の顔を見せた途端、彼がこんなに甘くなるなんて思わなかった。

「そう…だよな。あんまり、違いすぎる」

ふと、樹人の頭が現実に戻る。冷たくあしらわれた記憶が、たちまち眉間《みけん》に皺《しわ》を生んだ。こんなに大事にされるなら、何も自分はくよくよ悩まなくても良かったのだ。お陰で期末テストが悲惨だったことまで思い出し、樹人はあっという間に仏頂面を復活させていた。

「荒木さん、俺…やっぱり納得がいかない」

「え？」

「だって、荒木さんの態度はとても俺を好きだったなんて思えないよ。キスした時だって〝魔が差しただけだ〟って強調してたし、あれからすごく冷たくなったじゃないか」

「あれは……」

「俺、めちゃめちゃ傷ついたんだぞ！　でも、荒木さんは大人だから、その気がなくてもああいうキスができるんだって思って…」

「できねぇよ」

樹人のセリフを遮った瑛介は、驚いたことに薄く顔を赤らめていた。

「あの時は、ああ言うしかなかったんだ。よりにもよって、男子高校生の色香に負けた自分が心底情けなかったし。それより何より、キスした樹人は、顔がめちゃめちゃ甘くなっていたんだ。せっかく仏頂面でコンセプトをたててたのに、それじゃ意味がないだろう。あそこで一度突き放さないと、仕事自体がやばいと思ったんだよ」

「甘い…って、そんなに…?」

「まぁ、押し倒したくなるほどにはな」

大真面目な顔で答えた後、瑛介は逆に拗ねた顔つきで樹人へ迫ってきた。

「確かに樹人には辛《つら》い思いをさせたけど、俺だってなかなか苦しかったんだぞ。そもそも、おまえがベッドの隣で寝ていて熟睡できるほど、俺は図太くはないんだ」

「…じゃあ、それで現像とかしてたんだ？　一刻も早く見たい、なんて言ってたくせに」

「ま、それも本心だけどな」

「どっちなんだよっ」

腕の中で軽くもがくと、まるでご機嫌を取るように額と額をコツンと当ててくる。瑛介は子どものように笑いながら、尚も言った。

「スタジオで樹人に食ってかかられた時だって、事務所まで夜中に会いに来た時だって、いつだって俺は辛かったよ。おまえ、泣きそうな目で俺を見るし。惚れてる相手につれなくするの、すごい演技力がいったよ」

「本当に…辛かった…?」

「ああ。何度も、手を出しそうになった。でも、次に樹人へキスしたら、もうごまかせなくなるとわかってたからな」

それは、満更嘘ではない気がした。撮影が終わった直後に取った瑛介の衝動的な行動は、樹人の世界を見事に百八十度変えてしまったのだから。

樹人がしみじみとしているのを見て、少し良心が痛んだのだろうか。続けて口を開いた瑛介は、とっておきの秘密をあかすような調子で打ち明けた。

「ついでに、もう一つ告白するよ」

「え?」

「樹人、おまえは天才だ。俺をプロでいられなくさせる、唯一の人間だよ」

「ええっ」

さすがに、驚きの声が出た。まさか、瑛介がそこまで言うとは予想もしていなかったのだ。

樹人はたちまち真っ赤になり、死にそうなくらい呼吸が苦しくなった。

だが、瑛介はかまわず先を話し続ける。今ここで言葉にしなければ、一生チャンスを失うとでも思っているようだった。

「おまえは、〝ジェット〟のことしか頭になかった俺を見事に仕事から引き離したんだ。今思えば、〝ジェット〟のために樹人が必要だったんじゃない。樹人を引き立てるために、〝ジェット〟を使ったようなもんだ。おまえのいろんな表情を見るたびに、どんどん惹かれていく自分に狼狽《うろた》えたよ。畜生、どうしてくれるんだ。俺は、モデルには手を出さない主義だったのに」

あらためて樹人を引き寄せると、瑛介は敗北宣言をする。そうして、最初の抱擁《ほうよう》とは正反対の、大事な宝物を扱う仕種でそっと抱きしめてきた。唇が丁寧に動いて、「樹人」と短くささやく。知り合ってから初めて聞く、瑛介の切ない声音だった。

けれど、樹人は知っている。思いがけない告白にはぐらっとさせられたが、言葉の半分は恐らく勢いだ。カメラと一心同体の彼を、たとえ神様だって引き離せるわけがない。

それでも、その言葉が瑛介の精一杯の愛情表現だと思えばやはり嬉しかった。樹人は自分もゆっくりと腕を伸ばすと、瑛介の身体を抱きしめ返す。

そうして、ひっそりと声を出した。

「俺、大丈夫だよ。荒木さんがカメラを通して見る時は、恋人なんかじゃないから。きっと、いつでも俺はあんたに挑戦してるよ」

「そういうところ、ぐっとくるな」

瑛介は笑顔で頷くと、そっと樹人の唇にキスを落とした。絶妙な隙《すき》をついた、柔らかなキスだ。樹人はうっとりと瞳を閉じ、愛しい煙草の香りを心ゆくまで堪能した。

「廃墟に横たわる、おまえが撮りたい」

そう言って、瑛介は右の頬《ほお》へ唇を寄せる。

「雨の中で、濡れていく顔が撮りたい」

優しいキスが、左頰へ降る。

「真夜中を駆ける、背中を撮りたい」

最後に、両方の瞼に甘い感触がきた。

「でも、あのラストショットの笑顔だけは俺がもらうから。あの顔は、俺が知っていればそれでいい。絶対に、誰にも見せたくない」

「え……」

「好きだよ…愛してる」

樹人が返事をする前に、最初に戻ってまた唇が甘く塞がれた。


平間は、瑛介が樹人に惚れてるなんてすぐにわかったよ、とうそぶく。

「だって、見るからに嘘つけなさそうな男だもん。それに、樹人が親友として連れていった俺が思いがけず整った顔してたのも、面白くなさそうだったし。普通のカメラマンなら、名刺くれて〝仕事しない？〟って言うとこでしょう」

「おまえの自信は、一体どこから…」

「俺、週に一度は断ってるもん。その手の誘い。それに、アリバイ協力した夜ね、もともとヤボ用で樹人の携帯に電話したのさ。でも、出ないからすぐ切って。そしたら、彼から折り返しでかかってきたわけ。その声が、なんだか笑っちゃうほど弱りきっててさ。この兄ちゃん、煩悩に負けて樹人の味見しやがったな、とピンときたわけよ」

「平間…。どうでもいいけど、もう少し表現を考えろよ…」

「ええ？　表現を考えるのは、君たちの方だろう？　どうすんだよ、あんなの作って」

呆れたように肩をすくめ、平間が指差した先には、ファッションビルの壁面を使った大型の看板がある。もちろん、そこに映し出されているのは樹人だ。〝ジェット〟のイメージ広告の第一弾は先週末から日本とアジア各国に露出され、街を大いに賑わせている。同時に代理店やドーラ本社には、モデルに関しての問い合わせも殺到しているという。

「荒木氏、大勝利って感じだね」

「でも…なんだか、自分のことじゃないみたいでさ。別に、こうして街を歩いていても何も変わらないし…誰も騒がないし」

「それは、樹人が地味オーラを出してるからさ。良かった。俺の好きな樹人は、そのまんまで。話してて、ホッとするもんな」

「あのなぁ…」

そんなもんかな、といつでも派手な友人を見ながら、樹人は妙に納得する。今のところマスコミへの露出は抑えられているので、樹人もその点だけは有難かった。

「なぁ、訊いてもいい？」

看板の下を通りすぎながら、平間が言う。

「あのさ、なんで君の表情は…あんなにエロいの。〝ジェット〟って、そういう石？」

「ううう、うるさいなっ」

「絶対、誘ってるよねぇ。危険だなぁ」

「あ！　そんじゃ、俺はここで！　平間、今晩のことはくれぐれもよろしくなっ」

居たたまれない樹人は、急いで平間の追及を遮るとさっさと一人で歩き出す。〝ジェット〟の写真は受け止める人によって印象が様々で、平間とはまったく正反対の感想を言ってくるのも大勢いた。〝ジェット〟専用のＨＰの書き込みを見てみると、表情に関する分析合戦まで始まっているらしい。樹人は恥ずかしいので読んでいないが、平間が、時々傑作なのや鋭い意見を教えてくれたりした。

でも、樹人は密かに平間が正解だと思っている。たった一度の微笑は瑛介によって封印されてしまったが、あの日が特定の人物だけを誘っているのは間違いないからだ。

そうして、その幸運な人物は今日も煙草を咥《くわ》えつつ天職に励んでいる。彼の真価を認めた人たちが、新たな依頼を持って列をなす日もそう遠くはないだろう。

「俺も、頑張らなくちゃ」

そう言って、樹人はしゃんと背を伸ばす。

瑛介のカメラの前に立つ時は、いつだって真剣勝負だから。彼と張り合うために学ぶべきことは、まだまだ山のようにある。

ただし、今夜だけはそれも一時休戦だ。

「アリバイ作りは、万全…と」

束の間の恋人気分を、どうか朝まで心置きなく満喫できますように。

そう心で願い事をすると、樹人は彼との待ち合わせ場所まで走っていくことにした。

ゼロの微笑

パタパタと、背後から誰かが駆け寄ってくる気配がする。それも複数だ。

だが、歩きながら携帯のメールをチェックしていた藤代樹人《ふじしろたつと》は、そんなことにはまったく気を留めなかった。なにしろ、メールの発信者である荒木瑛介《あらきようすけ》は、付き合ってまだ三ヵ月ちょっとにしかならない恋人なのだ。カメラマンとして赤丸急上昇中の彼と学生の樹人とではなかなかデートもままならず、こういった小さなやり取りが何よりも大切なのだった。

ところが。

「あのぉ…すみません」

文章に目を落とす直前、緊張にうわずった声がかけられる。休日の午後、ブティックやカフェが何軒も立ち並ぶもっとも人通りの多い場所だ。何かの勧誘かと、思わず樹人は身構えた。

「もしかして、〝ジェット〟のモデルさんじゃないですか？」

「え……」

振り返った先には、自分より三～四歳は年上であろう女性の二人組が立っていた。どちらも高そうなブランドの服に身を包み、小綺麗《こぎれい》に自分を飾り立てている。一人がまじまじとこちらを見つめた後、「やっぱり、そうだぁ」といきなり声のトーンを高くした。面食らう樹人に向かって興奮気味に彼女が指さしたのは、斜め向かいに位置するファッションビルだ。そこに、瑛介が撮り下ろした〝ジェット〟の大型看板が華々しく据えられていた。

「やだ、嬉《うれ》しい～。本当に本物だぁっ」

「ほらねぇ、だから私が絶対だって言ったじゃん」

「あ、あの…」

「私たち、あの写真であなたのファンになったんですっ。春に〝ジェット〟が発売されたら、絶対に買いますからっ。友達の間でも、カッコいいってすっごい評判なんですぅ」

「あ…ありがとうございます…」

いっきにまくしたてられて、気後れしつつ樹人は短く頭を下げた。広告が出回り始めた直後は、〝ジェット〟の姿と普段の自分に落差がありすぎるため、街を歩いていても素姓がバレることなど滅多になかったのに、最近少しずつ様子が変わりつつある。高い評価を得たのにも拘《かかわ》らず、モデルとして極端に露出が少ない樹人への関心は、人々の間で日々高まってきているのだ。そのせいか、こうして声をかけられる機会も徐々に増えてきていた。

「あの、まだ学生さんなんですよね？　どこの学校…」

「ごっめ～ん。もしかして、待っちゃったりなんかした？」

のんびりと陽気な声が、唐突に会話をぶった切る。邪魔をされた彼女たちは一瞬ムッとしたようだが、相手が思いの外美形だったため、たちまち文句を引っ込めた。恐らく、モデル仲間がやってきたとでも思ったのだろう。そう誤解されても仕方のない派手な親友に向かって、樹人はホッとしながら口を開いた。

「平間《ひらま》……」

「ちょっと出るの遅れてさ。でも、なんでこんなとこで捕まってんの。待ち合わせ場所、この先のスタバでしょ。ほら、さっさと行くべ～し」

女性からの熱い視線など慣れっこな平間は、樹人の肩を摑《つか》むと追い立てるようにして歩き出す。あんまり堂々と無視されたせいか、さすがに彼女たちも追ってはこなかった。

「…助かったよ。なんか、いきなり話しかけられてさ」

「それは、自分の責任じゃないの。樹人、有名人の自覚がないねぇ」

「おまえが、こんな人通りの多い場所を待ち合わせに指定するからだろっ」

「だって、試してみたかったんだもん」

そう言うと、平間はふっと足を止めて樹人の頭から爪先までを素早く観察する。それから、いかにも残念そうな声音で「う～ん」と唸《うな》った。

「な…なんだよ…」

「やっぱ、多少は変わったかぁ。普通の男と違って、おまえいい匂いとかしてそうだもんね。そういうの、世間ではフェロモンって言うのかなぁ」

「はぁ?」

親友の呟《つぶや》きがまるで理解できず、樹人は呆《あき》れた声を出してしまう。少し前まで、「樹人の地味なところが好きだ」と公言していた平間は、一体どこへ消えてしまったんだろう。

廃墟《はいきょ》を背にした〝ジェット〟の樹人が、冷ややかな眼差しで二人を見下ろしている。平間はちらりと目線を上げ、やがて先刻のあたふたとした樹人の対応を思い出したのか、気を取り直したように「相変わらず、ダサいけど」と唇の両端を上げた。

十一月も半ばに差しかかり、そろそろ世間ではクリスマスの話題が出始めている。樹人と平間が連れ立って入ったカフェでも、置いてあるフリーペーパーは軒並みパーティの広告で埋め尽くされていた。つまらなさそうにそれらに視線を落とした樹人は、次に瑛介とゆっくりできるのはいつだろうかと内心ため息をつく。近々、大きな仕事で海外ロケへ行くとかで、クリスマスどころか正月すら一緒には迎えられないかもしれないのだ。

憂鬱《ゆううつ》な気分に浸っていたら、ひょいと平間が手元のペーパーを覗《のぞ》き込んできた。

「へぇ。『ウォーターブランツ』活動再開、だってさ。いいよね、ミュージシャンは。好きな時に仕事したり休んだりできてさ。俺たち学生は、これから期末が始まるっていうのに」

「うん。なんだかんだ慌ただしかったから、この数ヵ月はあっという間だったしなぁ」

「そりゃ、樹人はそうだろうけど？」

妙に意味深なセリフを吐き、ゆっくりと平間の目線が上がってくる。今度は何を言うつもりだろうと思っていると、彼は僅《わず》かに目を細めて一人で深く頷《うなず》いた。

「そっか…わかった。樹人のフェロモンの出所が」

「え?」

「会ってないんだもんねぇ。初エッチから…もうかれこれ半月か?」

「平間っ、お、おまえなぁっ」

思わず声を荒らげそうになり、樹人は急いで口を閉じる。だが、親友の鋭いツッコミは、満更外れてもいないだけにかなりのダメージがあった。

――そうなのだ。

厳密に言えば、「会っていない」というわけではない。現に、先ほど入ったメールでも、今夜メシでも食おうと誘われている。ただ、一緒にいる時間が圧倒的に少ないだけだ。ここ最近の瑛介のスケジュールは冗談でなく分刻みで、一晩かけてじっくりと愛を語るなんて状況は到底望むべくもなかった。

(大体、最初の夜からして遅刻してきたもんな…)

平間の一言がきっかけで、樹人の心は急速に半月前の夜へと帰っていく。何度思い返しても飽きることのない特別に甘い時間だったが、それまで瑛介との間には常に緊張感が張り詰めていたので、余計にそう感じられたのかもしれない。樹人が知る限り、あんなに上機嫌な彼を見たのもあの夜が初めてのことだった。

『樹人、おまえ外泊できるか』

最初に、極めてシンプルな言葉でそう誘われた時。あんまり響きが普通だったので、樹人は一瞬新しい仕事の話だと誤解をするところだった。だが、瑛介はこちらの答えを聞く前にすでに部屋を予約しており、はなから断られるとは夢にも思っていない様子でメモを寄越す。そこに書かれていたのは、彼から初めて呼び出されたFホテルのルームナンバーだった。

(荒木さん、無愛想な割りにロマンチストなんだよなぁ)

そう思ったら急に瑛介が可愛く見えてきて、樹人は一も二もなくメモを受け取っていた。さんざん冷やかされた後でようやく平間の協力を勝ち取り、なんとか両親の目をごまかすことにも成功する。そうして逸《はや》る心を抑えながら、フロントでルームナンバーと瑛介の名前を告げると、案に相違して「仕事で遅れる」とのメッセージを聞かされた。

『なんだかな…』

上等なツインルームへ案内された樹人は、しばらく落ち着かない気分で瑛介を待ち続ける。約束の時間は夕方の六時だったが、どうやら余裕でオーバーしそうな予感がした。初めは気が高ぶっていた樹人も、そうなるとさすがに気持ちがだれてくる。仰向けにベッドへ身体を投げ出しているうちに、いつの間にかうたた寝をしてしまった。

どれくらい、眠っていたのだろう。耳元にふっと短い息がかけられ、次いで笑みを含んだ声音が夢うつつの頭に優しく響いてきた。

『なにげに大物だなぁ、樹人』

うっすらと開いた瞳に、楽しげに微笑《ほほえ》む瑛介が映る。何が…と問い返すヒマもなく、口づけが降りてきた。頭の左右に瑛介が両腕をつき、柔らかな唇が深く重ねられる。弾みでマットレスがゆっくりと沈み、つられて樹人は甘く吐息をついた。

『こんな場面で、まさか寝てるとは思わなかった』

そう呟いてから、まるで吐息を舐《な》め取るように瑛介の舌が妖しく唇を割ってくる。まだ半分目の覚めない状態のまま、樹人は素直にそれを受け入れた。数えるほどしか知らない口づけも、その全部が瑛介の刻印を押されたものだ。それなのに、毎回初めてのように戸惑わされ、悔しいくらい翻弄《ほんろう》されていく。今も、生温かな舌になまめかしく絡みつかれ、その動きについていくのが精一杯だった。

『ごめんな、だいぶ待たせた』

気が済むまで口づけた後、ようやく瑛介が唇を解放する。順番が逆だよ…と樹人は文句を言いたかったが、どうせ相手にされないのはわかっていたので、むっつりと頷いただけだった。

瑛介はそんな顔まで愛しいと言いたげに、機嫌良く鼻先をコツンとぶつけてくる。

『なんだよ、怒ってんのか?』

『…怒ってないよ。でも、荒木さんっていつも唐突じゃないか』

『そうか？』

『そうだよ。い…いきなりキスするし。毎回、俺の意思なんかまるで無視で…』

『無視なんかしてないだろ』

小さく突き出した舌が、素早く上唇を舐めて引っ込んだ。樹人はますますムッとして睨《にら》み返したが、いっかな気にした風もない。瑛介はしれっとした顔で微笑み、改めて口を開いた。

『樹人がそういう顔で誘ったりするから、応えてるんじゃないか』

『誘ってない』

『じゃあ、俺が誘われたいって思ってるのかもな』

そううそぶくなり、彼は首筋を不意に甘嚙《あまが》みする。反射的に息を止めて、樹人は背中まで走る快感に身を震わせた。「外泊できるか」と訊《き》かれた瞬間から、こうなることは予測していたが、それにしても瑛介のやり方はあまりにマイペースで覚悟を決めている時間すらない。

樹人がためらっている間に少しずつ唇は下がっていき、はだけたシャツから左の鎖骨に潜り込んだところで止まった。窪《くぼ》みに埋められた口づけが、ちりちりと肌を焼くように痛む。伸《の》しかかる瑛介の肩を無意識に摑み、樹人は思わず唇を動かしていた。

『…荒木さん……』

『どうした？』

自分でも滑稽に感じるほど、声が不安に震えている。顔を上げた瑛介は、そんな樹人の様子を見つめた後、煙草《たばこ》の香りが染みついた指先でそっと頬《ほお》を撫《な》でてきた。壊れ物でも扱うようなその仕種《しぐさ》は、普段の厳しい彼からは想像もつかない優しさに満ちていて、それだけで樹人の胸は切なくなる。ずっと、仕事を通して瑛介に負けまいと突っ張っていた気持ちが、ゆるゆると解けていくような気がした。

『俺、今はただの藤代樹人でいいんだよね…？』

小さな声で尋ねると、ほんの一瞬だが瑛介は返事に詰まった素振りを見せる。（正直な人だなぁ）と、樹人はむしろ感心する思いだったが、モデルとしての自分を見初めた自負がある以上、瑛介の反応は当たり前なのかもしれなかった。一抹の淋しさと、そこまで彼に見込まれたという誇らしさがないまぜになり、樹人は自分から瑛介にしがみつく。自分より遥《はる》かに高い体温が、いちどきに身体へ流れ込んできた。

『ごめん…ちょっと意地悪言った』

『樹人……』

『カメラと荒木さん、一心同体だもんな。俺とモデルだって、きっと切り離して考えたりできないに決まってる。そういうとこ、すごく不器用そうだし』

『…うるせぇよ』

ボソリと拗《す》ねた音がうなじにかかり、樹人は苦笑して言葉を重ねようとする。けれど、次の瞬間、息が止まりそうなほどきつく抱きしめられ、何も言えなくなってしまった。

『本当に、おまえは生意気で…』

『………』

『可愛げがなくて、目つきが悪くて』

ずらずらと並べる悪態とは裏腹に、瑛介の指はもどかしげに髪に絡みつき、右足が焦《じ》れたように樹人の両足を割って入り込んでくる。突然密度を増した雰囲気に、樹人は身じろぎもできずに緊張して息を飲んだ。

『意地っ張りだわ、プライドは高いわ』

『ちょ、ちょっと荒木さん…』

焦った樹人が口を挟みかけた途端、瑛介の腕がふっと緩む。二人はゆっくりと顔を見合わせると、お互いの瞳の中で自分の存在をしっかりと確認した。

『――樹人』

うっとりとした口調で、瑛介は言った。

『おまえみたいな奴、どこにもいない』

『荒木さん……』

微熱を帯びた眼差しが、樹人の身体から戸惑いをすっかり溶かしていく。愛しているよ、と声に出さずにささやき、瑛介がシャツのボタンに手をかけた。温かな重みを受け止めながら、樹人はそっと目を閉じる。これまで理不尽に思えた怒りや葛藤《かっとう》も、全てがこの時間に繋《つな》がっていたんだ。そう思うと、胸が痛むくらい愛しかった。

瞼《まぶた》やこめかみに短いキスが注がれ、そのたびに樹人はため息を漏らす。擦《こす》れ合った肌の感触が不思議で目を開くと、いつの間にかすっかり服を脱いでいる瑛介が目に入った。撮る側の人間にも拘らず、均整の取れた彼の身体は見惚《みと》れるくらいに美しい。引き締まった筋肉がしなやかに動く様はそれだけで充分に扇情的で、樹人は我知らず顔を赤く染めた。

『何、見てるんだ？』

わかっているくせに、先ほどの仕返しのつもりか瑛介はわざと意地悪な口をきく。唇の両端を小気味よく上げ、思わず目を逸《そ》らそうとした樹人の顎《あご》を指で押さえると、彼はそのまま嚙みつくようなキスを仕掛けてきた。唇を封印している間に自由な左手は下へ下がり、樹人の情熱がどの程度まで煽《あお》られているか直接確かめようとする。他人に触れられた経験のないその場所は、僅かな刺激にも素直な反応を示し、樹人は恥ずかしさに全身が熱くなる思いだった。

『…そういう顔、するな』

気のせいか、瑛介の声は少しうわずっているようだ。恐る恐る目の端で見ると、意外にも困惑した表情の彼が間近からこちらを覗き込んでいた。

『そ…そういう顔って…』

『理性、飛ぶだろ。あんまり、優しくしてやれないぞ』

『いいよ…そんなの』

考えるよりも先に、樹人はそう答える。響きは弱々しかったが、重ねてくり返した。

『いいから、もっと理性飛ばしてよ。俺ね、カメラの前に立つより、どきどきしてるんだ』

『……………』

樹人にとっては、今こうして瑛介に抱かれている時間が、何にも勝る奇跡に思える。一介の平凡な高校生だった自分が、瑛介との出会いで眠っていた魅力を磨いてもらい、生まれて初めて本気で欲しいと願った相手の心まで手に入れることができたのだ。理性なんてつまらないものに、絶対邪魔なんかされたくなかった。

『荒木さんだけ冷静なんて、そんなのずるいよ…そうだろ』

『おまえって』

熱に浮かされたように、瑛介が熱いため息をつく。後は、もう言葉なんて必要なかった。何百という永遠を切り取る指が、そっと樹人の肌に下りていく。彼が淫《みだ》らに描く曲線に合わせて樹人は何度も身体を震わせ、甘い感覚に声を上げ、その背中にしがみついた。

そうして。

半ば強引に繋げた身体が悲鳴を上げるまで、樹人は瑛介を受け入れた。


「なぁ、そろそろ戻ってこない?」

アイスカフェモカのストローをくわえ、平間が嫌味たっぷりに樹人の目の前で右手を振っている。ハッと我に返った樹人は、照れ隠しに急いで自分のカップを手に取った。

「どれだけ良かったのか知らないけど、昼間っから不健全な思い出に浸るのやめようよ」

「べ、別に、何も考えてないよ。ちょっと、ボーッとしてただけだろっ」

ごまかすために声を荒らげ、樹人はカップのエスプレッソをいっきに喉《のど》へ流し込む。いつの間にか移った、瑛介の飲み方だった。ただし、彼のようにブラックでとはいかなかったが。

「ま、思い出にするには少々早すぎる気もするけどね」

いかにも芝居がかった調子で平間は言い、丸テーブルに身を乗り出してくる。どうせまたろくでもないことを言われるんだろう、と樹人はウンザリして彼を見返した。

「…何？」

「これから、樹人だってモデルとして修業を始めるんだろ？　そしたら、ますますデートだなんて言ってられなくなるじゃん。それじゃあ、破局も近いわな」

「勝手に破局にすんなよ」

予想通りの展開にムッとしながら、親友の目の前に携帯を取り出して見せる。

「これ見ろ。荒木さんから、さっきメールが入ったんだ。今夜時間が空いたから、メシでも食おうって。お生憎《あいにく》さまだな」

「…メシよりホテルだろう、この場合」

「なっ…」

「セックスなんて、前戯も含めたら一時間もあれば充分じゃん。一時間メシ食うのとどっちが魅力的か、おまえ荒木氏に聞いてみ。案外、喜んでくれるかもよ」

「平間、あのなぁ…」

「ん?」

「いや…なんでもない…」

なんだか急に疲れを感じて、樹人はがっくりと両肩を落とした。身近で発生した同性カップルの成り行きを面白がって、平間がけしかけているのは明白だ。しかし、軽薄に聞こえる言葉の端々に、ギクリとさせられる真理が潜んでいるのもまた事実だった。

『今夜八時。一時間抜けるから、渋谷《しぶや》でメシでも食おう。後で電話する』

液晶に浮かんだ文字はあまりに素っ気なくて、樹人には情報を伝えるただの記号にしか見えない。でも、この文章の向こうには間違いなく瑛介がいるのだ。だから、せめて何度も読み返すことで、相手の真意を読み取っていくしかなかった。とにかく、共有できる時間が圧倒的に少ないのだから、努力で埋めていく他に方法はない。

それに、と樹人は思い直す。少し気が早いが、年明けには〝ジェット〟の第二弾の撮影が予定されている。当然、カメラとディレクションは瑛介が担当するから、ずっと一緒にいることだって可能なのだ。仕事となると勝手は違ってくるが、それでも離れ離れよりは何倍もマシだろう。それまではモデルとして、少しでも自分の成長を心がけておくしかない。

だが、せっかくの健気な決心も、心ない平間の一言でたちまち振り出しに戻る。

「あれ？　樹人、もしかして怒ってんの？」

「…怒ってないよ」

前途多難。

久々に言われたフレーズに、樹人の心はまた一つ重たくなったのだった。


確かに「何が食いたい」と訊かれたから、「中華」とは答えたけどさ。

豪華な円卓に次々と並べられた料理の皿を見て、樹人は早くも途方に暮れる。てっきり瑛介のことだから、どこぞのラーメン屋とか定食屋になるだろうと思っていたのだが、指定されたのは有名な広東料理の中華レストランだった。

「なんだよ、樹人。浮かない顔してるな」

「だって…こんなに食えないし」

「デザートまで、なんとか頑張れ。ここのマンゴープリン、絶品なんだぞ」

瑛介が大真面目な顔で答え、休めていた箸《はし》を再び動かし始める。あまりにとぼけた返答に、気負ってやってきた樹人はなんだか気が抜けてしまった。

どうやら、「一時間だけ」と言っていたのは事実のようで、瑛介は凄《すさ》まじい勢いで次々と料理へ手を出している。恐らく、まともな料理を口にするのも久しぶりなのだろう。前に樹人がアシスタントのバイトをしていた時も、食事はほとんどコンビニの弁当かファーストフードで間に合わせていた。ベッドで樹人が見惚れたあの精悍《せいかん》な身体は、貧困な食生活の中でどう維持されているのか、本気で不思議になるくらいだ。

「もしかして…さ…」

「なんだ?」

「本当に、ご飯が食べたかっただけ…だったりして」

少しだけ拗ねた響きになるのは覚悟の上で、遠慮がちにそう言ってみる。瑛介はちらりと目の端で笑うと、それには答えずに突然話題を変えてきた。

「篠山《しのやま》のマネージメントの方はどうだ? あいつ樹人のファンだし、ボンボンの割りにはけっこうやり手だから、おまえに相応《ふさわ》しい仕事をちゃんと選んでくるだろう?」

「…知らないよ。まだ、新しい仕事なんて聞いてないし」

「オファーがきてないわけないいんだ。慎重に吟味してるんだろうさ」

「荒木さんは…いいの?」

あからさまに無視されたので、今度ははっきりと腹立たしげに言ってみる。すると、瑛介はようやく食べるのを中断して、正面からこちらを見つめ返してきた。

「荒木さん……」

独特の光彩を放つ薄茶色の瞳は、いつでも樹人の胸を懐かしさでいっぱいにする。瑛介と出会った頃は、まだ夏の匂いも生まれたてだった。あれからたった数ヵ月しかたっていないのに、グラビアは冬の装いで溢《あふ》れ、ブラウン管からはシチューや風邪薬のCMが流れている。大きな評判を呼んだ〝ジェット〟の広告は早くも次の展開へと注目を集め、瑛介が今度はどんな風に樹人を演出して見せるのかと、周囲の期待も並々ならぬものがあった。

そんな中での一言は、やたらと意味深に瑛介へ響いてしまったようだ。彼は僅かに身を乗り出すと、探るような目つきで口を開いた。

「いいのって…樹人、おまえもしかして…」

「え…?」

「俺以外には、撮らせないつもりなのか?」

「………」

そうはっきりと言葉に出されてしまうと、樹人も答えようがない。内側でモヤモヤと形にならなかったものが、型にはめられて「これだろ」と目の前に突き出された気分だ。

「そ、そういうつもりでも、ないんだけど……」

「だけど?」

「荒木さん以上に、俺をまともに撮ってくれる人なんて…いるのかな」

前から薄々疑問に思っていたことでもあったので、思い切って樹人はそう口にしてみた。ある程度、瑛介も危惧《きぐ》していた質問だったのか、特に驚きもせずに聞いている。沈黙から先を促され、樹人は仕方なく言葉の先を紡いだ。

「…俺はもともと素人だし。〝ジェット〟だって、荒木さんが撮ったから成功したんだよ。だから、あれは本当の俺じゃない。他のカメラマンの人には、それがわかんないと思う」

「なんで、あれが本当の樹人じゃないんだ。おまえそのものだろう、むしろ」

いかにも不本意そうに、瑛介が両腕を組む。あれだけ俺が口説きまくったのは、一体なんのためだと思うんだ。そんな呟きが、続けて聞こえてきそうだった。

「違うよ。やっぱり、どう考えたって俺はあんなに…」

「──樹人」

眉根《まゆね》を寄せ、ぶっきらぼうに瑛介が言った。

「モデルを続けるって決めたのは、自分自身だろう。それなら、今更ガタガタ言うな」

「でも…」

「望もうと望むまいと、おまえはもうプロなんだよ。自分の意志でファインダーの前に立った以上、素人だなんて言い訳は通用しないからな。他人は、おまえにプロとしての仕事を要求してくる。〝ジェット〟のことは忘れて、ゼロからやるしかないんだ」

「〝ジェット〟を…忘れる？」

そんなの嫌だ、と樹人は思った。あれだけ苦労して作り上げた〝ジェット〟を忘れて、ゼロになることなんてできるわけもない。自分がモデルであり続けようと決めたのだって、瑛介と分かち合ったあの陶酔感を再び味わいたいからなのだ。嘘もごまかしも通用しない、まっさらでひたすら透明な世界。そこの住人でいるためには、あの時に得た感覚を鈍らせてしまうわけにはいかなかった。だから、篠山のマネージメントを受けることにしたのだ。

それなのに、瑛介は〝ジェット〟を忘れろ、と言う。信じられないセリフだった。

「荒木さんは…そりゃあ、他にも一流の人をたくさん撮ってるだろうけど…」

悔しさのあまり、勝手に口が動いてしまう。子どもっぽい言い草だと笑われるのは嫌だったが、他に言い様もなくて樹人はキッと目線を上げた。

「俺には、〝ジェット〟は特別なんだ。本当は、それ以外の仕事なんかしたくない。だけど、経験を積んでおけばきっと第二弾の時に役に立つって、そう思ったから」

「そうだよ、樹人」

最後の言葉を聞くまでもなく、瑛介が深く頷いた。思いがけずその声音が優しかったので、樹人は再び面食らう。だが、見つめる瑛介の瞳はあくまで鋭く険しかった。

「いいか、おまえの顔はもう知られている。そういう意味じゃ、〝ジェット〟の第二弾はインパクトに欠けるわけだ。同じ表情をしてみせても、世間はまたこれかと無視するだろう。だから、撮影が始まる前に新しい魅力を身に付けろ。樹人は、感覚に刻み込んでおくだけでいい。

そうしたら、俺がそれを引き出してやる。この先、自分を素人だなんて二度と言うなよ」

「え……」

「過去に頼るな。おまえは、前だけ見ていればいい。後ろには俺がいるんだから、何も不安になる必要はないだろう？　伸ばしてやるよ、限界まで。そのために、俺もしばらくこっちの業界に留《とど》まる覚悟を決めたんだ」

「荒木さん……」

瑛介の専門はもともと風景で、モデルを使った仕事は近年始めたばかりだ。トントン拍子に成功を収めたように周囲からは見られているが、彼なりの葛藤があったのは想像に容易《たやす》かった。

それでも彼が元のジャンルへ戻らないのは、樹人への思い入れが強いからだ。自分の不安ばかりをぶつけていた樹人は、ようやくその事実に気がついた。

「わかったか？　じゃあ、ちょっとこっちに来い」

しばらく会話が途切れた後、不意に瑛介が口を開く。思わず顔を上げると、もう彼は席をたって、急《せ》かすように樹人を手招きしていた。

なんだろう、と訝《いぶか》しみながら近づくと、どうやら彼は化粧室へ向かうつもりのようだ。ますますわけがわからなくなり、樹人は小声で「…食事は？」と尋ねてみた。

「まだ途中なのに、もう食べないの？」

「いや、食うよ。だけど、先に問題が発生したからな」

「問題？」

瑛介が化粧室のドアを開くと、雑音が消えた分、店内に低く流れていた胡弓の旋律が一際鮮やかになる。贅沢《ぜいたく》にカーペットを敷き詰めた広い空間には、他に誰の姿もなかった。

「いいタイミングだ」

機嫌のいい独り言を漏らし、瑛介はひょいと傍の樹人へ手を伸ばす。そうして、そのまま身体を壁へ押しつけると、樹人の抵抗などおかまいなしに唇を近づけてきた。

「…ん……っ…」

不意を突かれて避ける間もなく、柔らかな口づけで呼吸が封じ込められる。すぐに悪戯《いたずら》な舌が割り込んできて、ためらう樹人の舌を強引に絡め取った。息もできないほど性急に責め立てられ、樹人はくらくらと目眩《めまい》に襲われる。頭の芯が甘く霞《かす》み、瑛介の服にしがみつきながらかろうじて立っている有様だった。

微かに舌を刺す、煙草の苦味。それは、初めてキスされた時と同じ痛みだ。顎を摑んで上を向かされ、角度を変えて口づけられるたびに、樹人の身体をじわりと微熱が支配していった。

「ふ…っ……」

足下がふらついた瞬間引き寄せられ、唇を重ねたまま強く抱きしめられる。背中に回ってきた手のひらが、溢れる情熱を扱いかねるかのように、落ち着きなく服の上をさまよった。

「…なに、突然……」

すっぽりと瑛介の腕の中に収まった後で、ようやくそれだけを口にする。いくら人気《ひとけ》がないとはいえ、いつ誰が入ってきてもおかしくない場所だ。けれど、瑛介は樹人を離す気配も見せず、その頭をゆっくりと撫で始めた。

「ごめんな。忙しくて、かまってやれなくて」

「荒木さん…?」

「久しぶりに会っても、メシ食ってさよならじゃ、つまんないよな。だから、せめて少しはマトモな場所でって思ったんだけど、なんか俺たちの柄じゃないよなぁ」

「それで、こんな高い店にしたんだ…」

樹人は少し感動しながら、瑛介の顔をそっと見上げる。たった一時間の逢瀬《おうせ》でも、ちゃんとデートのつもりでいてくれたんだ。そう思うと、なんだか胸が温かくなった。

「樹人はまだ未成年だし、仕事が終わった真夜中に呼び出すってわけにはいかないだろ。そうなると、メシくらいが精々だ。〝ジェット〟に出たことだって、おまえの両親はあまり賛成してなかったんだから、神経逆撫でしちゃまずいしな」

「大丈夫だよ。成績さえ落ちなければって、約束だし」

「そっか、おまえ本当に高校生なんだよなぁ。なんだか、犯罪でも犯している気分だ」

「今度、制服着てこようか?」

樹人の言葉を聞いて、瑛介は少し微笑《わら》ったようだ。それから、気を取り直したようにポンポンと軽く頭を手のひらではたくと、「メシの続き、いくか」と明るく言った。

　残りの食事は急いで食べなければならず、残念ながら絶品だと噂のマンゴープリンまでは手が回らなかった。瑛介は残って食べていけと言ったのだが、円卓を一人で囲んでも美味《おい》しいわけがない。そう樹人が答えたら、店の人に頼んでおみやげを用意してくれた。

　食後のジャスミン茶を飲みながら、そろそろ行こうかと席を立ちかける。その時、一際賑《にぎ》やかなグループが二人の後ろを通りすぎていった。男ばかりの集団は、音楽関係者なのか数人がギターケースを持っている。見かけはさほど派手でもなかったが、一人だけ突出して背が高く、やたらと異彩を放っている男がいた。例えるなら、カウボーイの集まりに暴走族が紛れ込んでいるような違和感だ。皆がシャツにジーンズといったラフな格好をしている中、彼だけが隙《すき》のないファッションに身を包み、上等な革のジャケットを羽織っていた。

「なんだ、おまえ荒木じゃないか。久しぶりだな」

　樹人たちが円卓から離れようとした瞬間、その男がふと足を止めて話しかけてくる。声につられて視線を移した瑛介は、相手を確認するなり表情を僅かに和らげた。

「なんだとは失礼な言い草だな、佐内《さない》」

　普段ぶっきらぼうな瑛介にしては、珍しく親しみの込もった声だ。

「こっちこそ、どこのモデル崩れかと思ったぜ。おまえ、浮きまくってるぞ」

「いいの、いいの。この格好は、俺のポリシーなんだから。それよか、打ち合わせか?」

瑛介の嫌味をさらりと流し、佐内と呼ばれた男はちらりと樹人を見る。改めて向き合うと、彼は百九十はあるかと思われる長身だった。佐内の連れの連中は、先に案内された席へと向かっていってしまった。樹人は内心気後れを感じながら、慌てて丁寧に頭を下げる。

佐内はひょいと屈み込むと、一瞬だけ真面目な顔つきで樹人を見つめる。それから、ニコッと人なつこい笑みを浮かべて「君、〝ジェット〟の子だろう?」と言ってきた。

「え……」

「ふぅん。荒木の秘蔵っ子って、本当だったんだな」

「こいつ、モデルと二人きりでメシなんてまず食わないから。いいね、大事にされてて」

「くだらないこと、吹き込んでるんじゃねぇよ」

つっけんどんに瑛介が言い返し、佐内はまた笑顔になる。短く刈り上げた赤茶の髪にそぐわない、目許の笑い皺《じわ》が感じ良かった。顔立ちもそこそこ男前だったが、表情に瑛介とは対照的な柔らかさがある。お陰で、割りと人見知りをする樹人もそれほどかまえずにいることができた。

「でも、今日は君に会えてラッキーだったな。なにせ、〝ジェット〟のモデルと言えば、あの紀里谷晃吏《きりやこうじ》を降ろさせたほどの逸材だし」

「おまえ、どこでその話を…」

「業界じゃ有名だぜ？　あ、悪い。俺も打ち合わせなんだわ。また連絡するよ」

一方的に話を終わらせると、佐内は去り際に樹人へ向かってもう一度微笑みかける。瑛介はむっつりとしたまま、そんな彼の背中を黙って見送った。

「…荒木さん。あの人、友達？」

「ああ、まぁな。ちょっと変わった奴だけど、写真の腕は確かだよ」

「カメラマンなんだ…」

あまりにも印象が違いすぎるので、瑛介の同業者とは正直思わなかった。だが、彼が素直に褒《ほ》めているところをみると、それなりに実力のある人間なのだろう。樹人は少し考えてから、再び口を開いた。

「俺のこと、すぐにわかったね。今日は、これで二度目だな」

「二度目って、何がだ？」

「昼間、街で女の人に言われたんだよ。〝ジェット〟のモデルさんですかって。最近、ちょっとそういうの増えてきて、変な感じがする。佐内さんなら、プロなんだから気がついて当たり前なんだろうけど…」

「樹人、おまえなぁ…」

心底呆れたような声を出してから、瑛介は可笑《おか》しくてたまらない、といった様子で肩を震わせる。なんなんだ、とムッとしていると、人目も気にせずに頭を摑んで引き寄せられた。

「そういうことを言うから」

「え…?」

「どうするんだ。今すぐ、おまえを撮りたくなったじゃないか」

笑みを含んだ声でささやかれ、樹人はたちまち赤くなった。


「仕事…ですか?　俺に?」

放課後『ドックス』のオフィスへ直行した樹人は、応接室で篠山と向き合った直後に呼び出しの理由を聞かされ、思わずそう尋ね返していた。

「うん、そうだよ。樹人くん、まだマスコミに全然露出してないだろ。ドーラ側の意向もあって今までは情報も極力抑えてきたんだけど、そろそろ活動を始める頃だと思ってね。そしたら、ぜひ藤代樹人を…って、願ってもない話が飛び込んできたんだ。しかも、オーディションもなしでだよ?　営業もかけないうちから、いい調子じゃない」

「オーディションもなしで…?」

「そう。新人にしては破格の扱いだよ。〝ジェット〟第二弾のためにも頑張らないとね」

この間の荒木さんと、同じこと言うんだな。

そう思った樹人は、張り切る篠山をよそに内心重たくため息をつく。皆が樹人に期待をかけ、次はもっといい表情を見せろと要求をする。自分がどれほどの器かもわからないのに、今からプレッシャーで押し潰《つぶ》されそうだ。

しかし、そんな甘ったれたことを言っている場合ではない。先日、瑛介にも熱っぽく語られた通り、今度彼と組んで仕事をする時には少しでも成長した姿を見せたいのだ。それには、目の前の仕事を一つ一つ乗り越えていくしかない。

「うん、いいねぇ。樹人くん、最近顔つきがしまってきたよな」

樹人の意気込みが伝わったのか、篠山は満足そうな様子で呟くと女子社員の運んできたコーヒーを一口味わった。『ドックス』は老舗の広告代理店に比べれば規模こそ小さいが、良質で話題性のある仕事を多く手がけている。一体どんな仕事が、自分に回ってきたのだろうか。

樹人が尋ねようとした矢先、篠山が慌ててカップをテーブルに戻した。

「きたきた。樹人くん、彼が次の仕事で君を指名してきた人だよ」

「え……」

「すみません、遅くなりました」

ソファに座っていた樹人は、背後に人の気配を感じて急いで立ち上がる。緊張していたせいか、ほとんど相手の顔も見ずに頭を下げようとしたら、陽気な笑い声が降ってきた。

「よう、秘蔵っ子。また会ったな」

「はい…？」

思わず顔を上げた先に、先日と同じ渋い革のジャケットが見える。ゆっくりと目線を上へずらしていき、赤茶の髪と笑い皺を目にした樹人はそこで安堵《あんど》の息を漏らした。

「ああ、確か荒木さんの友達の…」

「佐内貴裕《たかひろ》って言うんだ。よろしくな」

「なぁんだ。二人とも知り合いだったの？」

一人取り残された篠山が、つまらなさそうに割り込んでくる。佐内はちらりと樹人と目を合わせると、秘密を分け合うように微笑ってみせた。相手が佐内なら、まったく知らない相手よりは仕事がしやすいかもしれない。ホッとしながら樹人も笑顔を返し、すっかり寛いだ気持ちで再びソファへ腰を下ろした。

三人で改めて顔を突き合わせ、まずは型通りの挨拶《あいさつ》を済ませる。新しいコーヒーが運ばれ、佐内はたっぷりのミルクの他、砂糖を三杯も注ぎ込んで密かに樹人を驚かせた。

「とりあえず、篠山さんから口頭でOKはもらってるんだけど」

美味《うま》そうにカップを傾けた後、佐内は世間話でも始めるような調子で本題に入る。

「肝心の樹人くんが承知してくれないと、お話にならないからね。今日は、君を口説くための場をわざわざ篠山さんに頼んで作ってもらったんだよ」

「口説くって？」

「うん、そう。白状するとね、俺は今回の企画が自分に持ち込まれた段階で、すでに君のイメージが頭にあったんだ。しかも、この間は偶然メシ屋で会うこともできた。こりゃ、神様が是が非でも藤代樹人を使えと言ってるんだな、と深く確信したわけだよ」

少々大袈裟《おおげさ》な気もしたが、業界人特有の嫌な馴《な》れ馴れしさはまったく感じない。樹人が変にかまえないようにと、わざとくだけた口調で話してくれているのがわかるからだ。優しい人だな、と樹人は思い、ますます佐内へ好感を持った。

「あのね、樹人くん。佐内さんにこんな風に言われるなんて、かなり光栄なことなんだよ」

リラックスした樹人の表情に、事態の重要さが飲み込めていないのではと心配になったのだろう。篠山が、やたら力強い声音で横から口を挟んできた。

「佐内貴裕って言ったら、多くのミュージシャンや俳優が一緒に仕事したいカメラマンのトップに名前を挙げてる人なんだから。写真集でベストセラーもたくさん出してるし、最近は映像の方にも分野を広げて話題を集めてるんだ」

「写真集……」

「そう。佐内さんと仕事した芸能人は、皆かなりのイメージチェンジに成功してる。飾らない素の表情を引き出すのが、彼は抜群に上手だからね。例えば…」

そう言って篠山が引き合いに出した名前は、樹人にもすぐわかるような一流どころの歌手や俳優ばかりだった。中には過去にスキャンダルを起こした者もいたが、誰もが見事なステップアップを果たして現在も活躍をしている。その陰に佐内の写真の力があるとすれば、篠山が興奮するのも無理はなかった。

一通り説明を聞き終えた後、改めて佐内へ向き直る。目の前の彼は相変わらず飄々《ひょうひょう》としていて、とてもそんな凄《すご》い人間には見えなかったが、カメラを持つと変わる人種を樹人はよく知っている。きちんと居住まいを正してから、おもむろに尋ねてみた。

「それで、企画ってどんな内容なんでしょうか。何かのＣＭか、グラビア…」

「いや、ＰＶだよ」

「え？」

「プロモーションビデオ。ほら、ミュージシャンが新譜を出す時の宣伝に、じゃんじゃんテレビで流れる映像があるだろ？　ＭＴＶとか観たことあるよな？」

「ええ…まぁ…」

「君には、あれに出演して欲しいんだ」

「出…演…？　俺がですか？」

あまりに予想とかけ離れた依頼だったので、樹人の頭は真っ白になる。

ＰＶなら観たことは何度もあるが、そのほとんどは歌っている本人が出演して、歌詞に合わせた芝居や演奏風景を見せたりしているものだ。その際に登場する人物も、金髪美人だったりミュージシャンの友達らしきタレントだったりと、いわば『お約束』的なノリが満載なイメージがある。美女か美少女モデルならまだしも、まさかタレントでも役者でもない男の自分が起用されるとは夢にも思わなかった。

「あれ、もしかして意外だった？」

鋭く樹人の表情を読んで、佐内が面白そうに尋ね返してくる。篠山がとりなすように、「別に芝居しろってわけじゃないんだよ」と言ってきたが、佐内は即座にそれを否定した。

「いや、樹人くんにはガンガン芝居つけますよ。ていうか、ショートフィルム路線で行きますから。ＤＶＤも出ることが決まってるし、そこに十五分ほどのメイキングもつきます」

「ちょ、ちょっと待ってください。そんなの無理です」

すっかりその気になっている佐内に、樹人は慌ててストップをかける。生まれてこの方、学芸会の舞台にだって出たことがないのだ。そんな自分に、たとえ歌がメインのＰＶであろうとまともな芝居などできるわけがない。

だが、どうやら佐内と篠山には樹人のセリフなど届いていないらしい。二人は、渋る樹人をよそに勝手にどんどん話を進めていく。衣装はどうだとか、バンド連中の顔合わせがいつだとか、まるで最初から断る余地などなしといった様子だ。

「あの……」

いくら大口の仕事か知らないが、これにはさすがに樹人も頭にきた。篠山がスケジュールを手帳に書き込んでいる姿を見て、その怒りは頂点に達する。無言で傍らのカバンを掴むと、やおらソファから立ち上がった。

「あれ？　樹人くん、どうしたの？」

「…篠山さん。せっかくのお話ですけど、俺には大役すぎます」

「えっ……」

「今日は、これで失礼します。佐内さんも、すみませんでした。それじゃ」

「た、樹人くん！　ちょっと！」

青くなった篠山が慌てて引き止めようとしたが、樹人は聞かなかった。上手《うま》く言いくるめられてしまわないうちに、と早足で部屋を後にする。著名なカメラマンだという佐内が声をかけてくれたのは嬉しかったが、失敗するとわかっていて引き受けるわけにはいかない。まして、瑛介の友人ならば、尚更無様なところは見せたくなかった。

ＰＶ出演なんて、冗談じゃないよ——。

カメラの前に立つのだって、相手が瑛介だからなんとかなったのだ。それなのに、まったく未知の仕事を彼なしでこなせと言われても、樹人には無謀な挑戦にしか思えなかった。大体、ＰＶに出ることが〝ジェット〟の今後にどう役立つというのだろうか。

瑛介に、電話をしてみよう。篠山の見立ては間違っていると文句を言って、違う仕事を紹介してもらうんだ。生意気な言い分かもしれないが、自分は器用なタイプではない。瑛介なら、そのことはきっとわかってくれる筈《はず》だ。

制服の上着から携帯を取り出し、樹人は手早く瑛介の番号を呼び出した。「PVだって？　そんな浮ついた仕事、蹴《け》っちまえ」。そんなセリフを期待しながら、切り替わった留守録へ向かって熱心に事情を説明する。どうしても会って話したい、と訴えながら、そういえばこんなワガママを口にするのは初めてだな、と思った。

少しでも早く、返事がきますように。

心細さに波立つ胸を抑えて、樹人はひっそりと祈った。

「そうか。あの話、樹人のところへ行ったのか…」

開口一番、瑛介は腕を組んで小難しい顔をする。それきり彼がしばらく黙ってしまったので、肩透かしを食らった気分の樹人は、ボンヤリと部屋の周囲を見回してみた。

久しぶりに訪れた瑛介の事務所は相変わらず散らかっていて、そこら中に散乱する未整理のネガやポジのお陰で足の踏み場もない。樹人が辞めた後は、どうやら雑用係も雇っていないようだ。寝室に続く奥のドアも開きっ放しになっており、ぐちゃぐちゃのシーツと床に落ちたままの羽根枕が見えた。荒《すさ》んだ様子から察するに、あまり家にも帰っていなさそうだ。（ちゃんと寝てるのかなぁ）と、思わず場違いな心配が樹人の脳裏を横切った。

だが、生憎と今は人の心配をしている場合ではない。瑛介から返事がきたのは夜遅くだったので、今晩だけ両親に無理を言って家から出てきたのだ。そのため、あまり長居はしていられず、自然と逸る心に拍車がかかる。あんまり長いこと沈黙が続くので、とうとう樹人は痺《しび》れを切らしてしまった。

「そうか…って、ひょっとして荒木さんは知ってたの？　だったら、最初から篠山さんに無理だって言ってくれれば…」

「なんで無理なんだよ」

「俺に、芝居なんかできるわけないじゃないか。写真に撮られるのとは、わけが違うし」

「何、言ってるんだ。ＰＶにモデルが出るケースは、いくらだってあるだろう。与えられたイメージを表現する点で、仕事の本質は同じなんだ。要は、樹人に自信がないだけだろうが」

「それは…そうなんだけど…」

「どのみち、俺は知ってたわけじゃない」

つっけんどんにそう言い放つと、瑛介は腕を解いて胸ポケットから煙草を取り出した。

「佐内が、『ウォータープランツ』ってバンドのＰＶを撮るのは噂で聞いてたよ。だけど、まさか樹人に目を付けてるとは思わなかった。まして、オーディションなしだなんて前代未聞だ。あのバンドはボーカルの西崎《にしざき》が映像にもかなりこだわってるから、おまえのキャスティングに関してはきっと説得に時間がかかったんだろうな」

「どうして、そんなことまでわかるんだよ」

「俺の情報に間違いがなけりゃ、撮影までもう間がない筈だ。普通なら、とっくに顔合わせから何から済ませてる頃なんだ。それを今頃になって依頼してきたのが、いい証拠じゃないか」

「じゃ、じゃあ、ひょっとして誰かが急に降りちゃった代理とか…」

「佐内の仕事をか？　よほどの大物かバカでない限り、そんな真似する奴いるもんか」

瑛介の言い草は、まるで自分に当て擦っているようだ。樹人が再びムスッと黙り込むと、彼は僅かに微笑らしきものを浮かべて言った。

「つまり、佐内はそれだけおまえに固執してるってことだ」

「…わからないよ。なんで、そこまで…」

「さぁな。俺に訊かないでくれ」

どこか投げやりな響きを残し、瑛介は咥《くわ》えた煙草に火をつける。想像していた反応とはずいぶん様子が違っていたので、樹人は内心戸惑いを覚えずにはいられなかった。いつもの瑛介なら新しく飛び込んだ仕事に興味津々となり、迷う樹人を元気づけ、最終的に一番前向きな方向へと後押ししてくれるものと思っていたのだ。その結果、もしも瑛介が「受けろ」と言うのなら、彼を信じて頑張ってみようかとさえ考えていた。

（それなのに…なんか、変な感じだよな…）

やっぱり、知り合いが撮るとなると、いろいろ思うところがあるのだろうか。なんとなく踏み込んで訊けない雰囲気に、ますます樹人は気が重くなってしまった。

（佐内さん自身は、感じがいいんだけど…でもなぁ…）

ソファも写真や本に占領されていたので、二人はかろうじて床に空間を作り、向き合って腰を下ろしている。瑛介は立てた片膝《かたひざ》に右肘《みぎひじ》を乗せ、深々と煙を吸い込んでは不味《まず》そうに吐き出していた。樹人はかける言葉が見つからず、膝を抱えて子どものように身体を丸め込む。せっかく二人きりでいるのに、と思うと、もどかしい気持ちでいっぱいになった。

「…佐内の奴、この間会った店で『ウォータープランツ』のメンバーと一緒だっただろ」

やがて、半分ほど残った煙草を灰皿でもみ消し、瑛介がポツリと口を開く。先日の中華レストランでの甘いひとときが蘇《よみがえ》り、樹人は切なく頷いた。

「あの野郎、やたら樹人に絡むと思ってたんだ。偶然かどうか、怪しいもんだな」

「『ウォータープランツ』って、確か活動休止中だったんじゃ…」

「だから、復活プロジェクトなんだろう。かつては、ミリオンセラー連発の売れっ子だった奴らだ。佐内はあいつらと付き合いが長いから、復活ＰＶには打ってつけの人選だな。おまえ、バンドの連中に気がつかなかったのか？」

「…だって、興味ないバンドだし、普通のお兄ちゃんたちだったし…」

答えながら、そういえば平間が「ミュージシャンはいいねぇ」なんて言っていたのを思い出す。あの時はまったく無関係だと思っていたので、少しも気に留めなかった。

それに、と樹人は恨みがましい視線をちらりと瑛介へ送る。

何が引っかかっているのか知らないが、やっとの思いで夜中に出てきた自分に対して、瑛介は「会いたかった」の一言すら言ってくれないのだ。仕事で疲れているのかもしれないが、だるそうな様子で出迎えられた時は、ほんの少しだけ来たことを後悔してしまった。

「何、ムクれてんだよ」

二本目の煙草を指に挟み、瑛介が無愛想な眼差しを向けてくる。

「篠山から、泣きの電話が入ったぞ。樹人くんが逃亡したってな」

「だって、PVの仕事なんて思ってもみなかったし…」

「えり好みなんて、百万年早い」

「それなら、荒木さんは受けろって言うのかよ。佐内さんが友達だから？」

頭にきて言い返すと、瑛介は不愉快そうに眉をひそめた。もちろん樹人だって本気で言ったわけではないが、それにしても今夜の彼は普段と様子が違い過ぎる。仕事の話ならいくらでも饒舌《じょうぜつ》になる筈なのに、いっかな会話が弾まないのはどうしてなんだろう。

樹人が黙って睨みつけていると、瑛介は手慣れた仕種で煙草に火をつけ、煙と一緒に面倒そうな吐息を吐き出した。

「樹人、おまえCD一枚出すのにレコード会社がいくら宣伝費をかけるか知ってるか？」

「…知らない…」

「中堅クラスで五千万、『ウォータープランツ』くらいの売れ線なら最低でもその倍だ。要するに、おまえの〝やりたくない〟の一言で、一億を棒に振る可能性だってあるんだ。藤代樹人で立ち上げていた企画を、白紙に戻すわけだからな。佐内は無駄に金をかけるタイプじゃないからPVの予算は億までいかないだろうが、まぁそれに近い金を賭ける覚悟で依頼してきたんだろう」

「そんな…。だって、PVってCDを売るためのものじゃないか。なんで、その責任がバンドのメンバーや会社じゃなくて俺や佐内さんにくるんだよ」

「動く金がデカいからだ」

「そんなの、めちゃくちゃだ…」

あまりの内容に絶句する樹人を、瑛介が無表情に見つめている。彼が何を考えているのかはわからなかったが、口に出す言葉を何度も選び直しているのは、そのゆっくりとした口調から充分に窺《うかが》えた。余計なセリフを自分へ禁じるように、瑛介は忙しなく煙草を吸い続ける。床に置かれた灰皿には、中途半端な吸い殻がたちまち溜まっていった。

「…仕事を受けるか断るか、それは樹人の自由だ。おまえが決めればいい」

「え…？」

「そうは言っても、佐内も簡単に諦《あきら》めたりはしないだろう。だから、あいつがどこまで粘って樹人を口説き落とせるか、ここはお手並み拝見ってところだな。いずれにしろ、俺にはそれ以上のことは言ってやれない」

「そんな……」

それじゃ、まるきり他人事《ひとごと》みたいじゃないか。樹人は思わず文句を言いかけたが、続く瑛介の言葉に遮《さえぎ》られてしまった。

「前にも言った通り、佐内はいい写真を撮る。それだけは確かだ。あいつと組んで、もしマイナスの結果になるようなら、それは樹人に受け止める力がなかったってことだ」

「荒木さん……」

「だから、ちゃんと考えろ」

「…………」

冷たく言い切られたにも拘らず、不思議と樹人は反発を覚えなかった。それどころか、今のセリフを聞いた瞬間から、それまで否定的でしかなかったPV出演について、僅かだが気持ちの変化が生まれたのだ。生来の負けず嫌いの血が騒いだという面もあるが、「受け止める力」を磨きたいという欲求が何よりも強く胸に湧《わ》き起こっていた。

「荒木さん、俺…」

「この話の続きは、篠山としろ。いいか、考えろよ？」

そう言うなり、責任は果たしたとでも言いたげに、瑛介は大きく伸びをする。今夜の彼は少し取っつきづらいと思っていたが、やっぱり疲れていたからだったんだな、と樹人はホッと安心した。瑛介は言葉でフォローしてくれるタイプではないので、ふとした表情や態度からあれこれ推理していくしかない。恋人に昇格した今でも、それは全然変わらなかった。

（ちゃんと考えろ…か…）

気を取り直した樹人は、ふと床の上に散らばった一枚の写真に目を留める。それは、限りなくプライベートフォトに近い、紀里谷晃吏の笑っている顔だった。

「…これ、紀里谷さんだよね？」

「ああ？」

現在、晃吏は日本のモデル界ではトップの位置にいる。ここ数年は海外進出も著しく、彼を贔屓《ひいき》にしているミラノのデザイナーなど、キリヤと名付けたシリーズを打ち出したくらいだ。笑顔が似合わないのでクールビューティと言われているが、昔馴染《なじ》みの瑛介にだけは唯一綺麗な笑顔を撮らせており、瑛介もそれがきっかけで売れっ子カメラマンに躍り出た。

だから、コネ呼ばわりした奴らを実力で黙らせたいんだよ。

そう言った瑛介の顔を、樹人は懐かしく思い出す。二人は恋人なんじゃないかと疑った時もあったが、確かにこんな寛いだ表情の晃吏など他の誰にも撮れないだろう。

「もしかして、この部屋で撮ったんだ…？」

「まぁな。この間、打ち合わせを兼ねて遊びに来たんだ」

「…ふぅん……」

複雑な樹人の心境も知らず、瑛介はあっさりと肯定する。自分と会う時間は取れないくせに、と思うと、晃吏への嫉妬心《しっとしん》がちくりと胸の奥を刺した。だが、ヤキモチを焼いていると悟られるのはやっぱり癪《しゃく》だ。樹人は殊更明るい口調で、「打ち合わせって、前に話してた海外ロケのこと?」と尋ねてみた。

「あれ、年末に行くんじゃなかったっけ」

「晃吏のスケジュールの都合で、少し早まったんだ。ギリシャの島に十日間、思ったより早く帰ってこれそうだ」

「十日間……」

そんなに長い間、瑛介と晃吏は一緒なのか。

ますます気持ちが塞《ふさ》ぎ込み、樹人は暗い瞳で写真から視線を外す。瑛介との関係はカメラを抜きにしては成立しないもので、どこまでだったら甘えが許されるのか、まだまだ樹人にはわからない。だけど、本当は迷う気持ちごと抱きしめて欲しかった。煙草の染み込んだ苦い指で唇をなぞり、愛しているとささやいて欲しいのだ。そうして、いい仕事をしてくれと言われれば、なんだってできる気がした。

けれど、樹人は知っている。瑛介は、子どもの機嫌を取るような男ではない。まして、自分の見込んだ相手になら、どこまでも厳しくなれる人間だ。彼のそういう姿勢は樹人の憧れであり、それに応えられる存在でありたいと願ってもいる。

恋人としての自分と、モデルとしての自分。

相反する二つの感情がせめぎあい、樹人は途方に暮れてしまった。

「…なぁ、樹人」

ためらいがちに名前を呼ばれ、なんだろうと顔を上げる。そろそろ帰らないと終電に間に合わなくなりそうだったが、こんな頼りない気持ちのまま瑛介と別れたくなかった。

その想いが伝わったのか、すぐ間近から瑛介がこちらを見つめている。樹人が無言で見返すと、彼は右手を床につき、上半身を乗り出して更に顔を近づけてきた。

「ロケが終われば、少しまとまって時間が取れる。それまで、我慢できるか？」

「え……」

「おまえの、飢えてジリジリする顔。色っぽいだろうな」

言葉の最後が耳に届くか届かないかのうちに、軽く唇が重ねられる。それでも、瑛介の指は注意深く樹人の身体には触れないようにしていた。触れたら帰せなくなるのが、わかっていたからだろう。樹人も同じ気持ちだったので、口づけの感触に酔いながらも、しがみつきたくなる衝動の方はなんとか苦労して堪えた。

悪戯に舌を弄《もてあそ》ぶこともなく、瑛介の唇が離れていく。ゆっくりと瞳を開いた樹人は、「飢えた」顔になるまで焦らされるってどういうことかな、と少し心配になった。

「もう遅いな。家まで送っていくよ」

複雑な表情の樹人を尻目に、瑛介はさっさと立ち上がる。まるで、甘くなりかけた空気を無理に散らそうとしているようだ。樹人は控えめにため息をつき、束の間のキスの後味をそっと舌の上で噛み締めた。

その二日後。

篠山から電話をもらった樹人は、再び『ドックス』へ出向いていた。PVに出る決心はまだつきかねていたのだが、佐内がどうしても話をしたいと言っているらしいのだ。『ウォーター・プランツ』の新譜は実に二年ぶりで、そのPVとなれば出演を熱望する人間など掃いて捨てるほどいるだろうに、一体自分のどこがそんなに気に入ったのだろう。どうしてもその点が理解できなかった樹人は、もう一度彼に会って話を聞いてみることにした。

(きっと、俺ってば〝何様〟って思われてんだろうなぁ…)

エレベーターに乗り込んだ樹人は、軽い自己嫌悪に陥る。別に勿体《もったい》ぶっているわけではなく、本当に自信がないから迷っているだけなのだが、恐らく周囲の人間はそうは見ないだろう。まして、〝ジェット〟のような大がかりな広告に出た人間が、と言われてしまえば、樹人にも反論のしようはないのだ。

（だから、あれは俺であって俺じゃないわけで…）

一人でくよくよ考えている間に、営業部のある七階に到着する。開いた扉の向こうでは、まるで待ち伏せでもしていたかのように篠山と佐内が立ち話をしていた。

「あ、良かった。樹人くん、来てくれたんだね」

「…遅くなっちゃってすみません。HR《ホームルーム》が長引いちゃって」

「秘蔵っ子は、今日も制服か。いいねぇ、普通っぽくて」

いつもの人なつこい笑みを浮かべ、佐内が茶目っ気たっぷりな眼差しを送ってくる。彼は篠山を振り返ると、「それじゃ、ちょっとお借りします」と言って樹人の肩をポンと叩《たた》いた。

「なんか食いに行こうぜ、秘蔵っ子」

「で…でも…」

「大丈夫。俺は荒木とは違うからね。騙《だま》してスタジオに連れていく、なんて荒っぽい真似はしないよ。安心して」

「え……」

「いろいろとね。篠山さんから聞いたよ、裏話」

そう言うと、彼は笑顔の種類をガラリと変える。返す言葉を失った樹人は、食えない印象の強まった油断ならない横顔を、別人を見るような思いで見つめていた。

佐内が迷いもせずに選んだのは、『ドックス』から五分も離れていないファミリーレストランだった。四人掛けのゆったりした席に案内され、向かい合って座った途端、なんだか樹人は可笑しくなってくる。今日の彼の出で立ちは、もはやトレードマークの革ジャケットと、やっぱりファッショングラビアから抜け出たような洗練された服装で、とてものどかなファミレスの雰囲気に合っているとは思えない。それなのに、渡されたメニューを開いた顔は小学生のようにウキウキしているのだ。

「俺、ファミレスって大好きなんだよ」

一通りの注文を終えた後、ケロリとした口調で佐内は白状した。

「荒木と来ると、もっと面白いよ。あいつ、こういう明るい場所苦手だろ。よっぽど居たたまれないのか、煙草ばっかりプカプカ吹かしやがってて笑えるんだ」

「そういえば、ファミレスは一緒に入ったことないなぁ…」

「連れてきちゃえばいいのに。秘蔵っ子のワガママなら、あいつだって聞くだろうさ」

いい加減その呼び名はやめてほしいのだが、気に入っているのか佐内は何度も「秘蔵っ子」をくり返す。こそばゆさにたまりかねて苦情を申し立てたら、「じゃあ、なんて呼んで欲しいのかな?」と逆に訊き返されてしまった。

「別になんでもかまわないですけど…。でも、荒木さんだって俺を秘蔵っ子だとは思ってないと思います。なんか、そんな大したもんじゃないって言うか…」

「へぇ、どうしてそう思うのかな？　〝ジェット〟で業界に一大センセーションを巻き起こした割りには、君のデータって何も出回らなくてね。充分、大事にされてると思うよ」

「でも、今度の仕事を相談した時も、何も言ってくれなかったし…」

「相談したんだ？　嬉しいな、少しは考えてくれてたんだね」

ウェイトレスがカトラリーの入ったカゴを運んできて、会話が一度中断される。再び二人きりになるのを待ちかねたように、樹人は気負い込んで話し始めた。

「正確には、自分でちゃんと考えろって言われました。佐内さんはいい写真を撮るから、絶対にマイナスにはならないって。でも…ちょっと突き放した言い方だったけど」

「ふぅん？」

樹人の言葉を聞いて、佐内の瞳が微妙に明るくなる。だが、自分の問題で頭がいっぱいの樹人は、相手の様子に気を回す余裕など少しも持っていなかった。

「やっぱり、佐内さんも〝ジェット〟で俺に目を留めてくれたんですよね？」

「ん？　まぁ、そうなるね」

「…がっかりさせて申し訳ないけど、〝ジェット〟の俺は荒木さんが引き出したんです。だから、普段の顔とはまったく違うし、他の仕事となると正直自信もありません。それでも俺なりに頑張ろうとは思ってるんですけど、佐内さんの仕事はあまりに規模が大きすぎます。それなのに、荒木さんは他人事みたいな言い方して、反対も賛成もしないし…」

「ははぁ、樹人くんはそれが不満なんだ」

「不満って、別にそういうわけじゃ…」

「なんだ、ヤキモチでも焼いて欲しかったんじゃないの？　荒木に？」

「………」

遠慮のない言葉で図星を指され、樹人は無意識に唇を噛む。悔しいが、佐内の言う通りだった。つい先日、瑛介にも「俺以外には、撮らせないつもりなのか」と尋ねられたが、本音を言えばそれに近い気持ちはある。だが、佐内にそれを見抜かれてしまうと、なんだか自分の子どもっぽさがとても恥ずかしかった。

「お待たせ致しました」

気まずい沈黙を救うように、注文した料理がテーブルへ運ばれてきた。樹人はエスプレッソしか頼まなかったが、佐内はサラダからデザートまでフルコースで注文している。どちらかというと細い身体つきをしているのに、その旺盛な食欲には目を見張るものがあった。

「あいつは、天の邪鬼な男だから」

「え？」

「荒木だよ。万が一焼いていたとしても、絶対に顔には出さないぜ。樹人くんの方で一枚も二枚も上手にならなけりゃ、永遠に一方通行のまんまだぞ」

「よく…知ってるんですね」

「そりゃ、同じ師匠についてたからね。俺と荒木はほぼ同じ時期にアシスタントとして入って、俺の方が先に独立したわけ。だから、かれこれ七、八年の付き合いになるかな」

猛然と料理を片付けながら、佐内は自分と瑛介の馴れ初めを面白可笑しく語り始める。自他共に認めるライバルとして、ことごとく張り合ったこと。同じモチーフを巡って、意見を戦わせた夜。師匠と喧嘩《けんか》して飛び出した佐内を、見限らずに励ましてくれたのも瑛介だけだったという。そんな話を聞いていると、ひょっとして自分と瑛介が恋人同士だということも気づいているのではないかと心配になったが、さすがにこちらから訊く勇気はなかった。

「だからね」

早くも食後のコーヒーへ突入しながら、陽気に佐内は言う。

「君が荒木に見出されたと思っているように、あいつも樹人くんを磨いたのは自分だって自負はあるはずだよ。いや、カメラマンなら誰だってそうだろう。これだと思う被写体に巡り会えるなんて、そうあることじゃないんだから」

「そう…かなぁ……」

この間の夜、触れるようなキスを交わした瑛介は、どこか摑み所がなかった。あの時の彼を思い浮かべると、佐内の言葉は容易には信じられない。それでも、胸に差した微かな希望が樹人を綺麗に微笑ませた。恋人としてだけではなく、モデルとしても他人には渡したくない。もしも瑛介が本当にそう考えているとしたら、それはなんて誇らしいことだろう。

「いいな、それ」

「え…?」

佐内の声が、樹人を現実へ引き戻す。彼は長い人差し指を目の前に突きつけると、わけがわからず狼狽《うろた》えている樹人へ向かって不敵に微笑んだ。

「いいって…何がですか…?」

「今、樹人くん笑っただろう。その表情、使えると思って」

「………」

「こう言ったらなんだけど、君が笑った顔なんて世間の奴らには想像つかない筈だ。何せ、磨き抜かれたナイフみたいな目をしてるからね、〝ジェット〟の樹人くんは」

「佐内さん……」

「資料は全部、篠山さんに預けてある。あまり時間がないから、来週には返事が欲しい。絵コンテと新譜のデモテープ、それから俺が過去に手がけた作品。それらに目を通して、慎重に結論を出してくれないか。お世辞でなく、君に相応しい仕事だと思う。それは、普段の樹人くんと話をさせてもらってますます確信したよ。いい返事を、期待してる」

力強いセリフの一つ一つが、樹人の胸に深く染み込んでくる。この間は闇雲に無理だと思い込んでしまったが、瑛介に言われるまでもなく、きちんと考えてから返事をするのが最低限の礼儀に違いない。樹人はゆっくりと頷き、それだけでは足らない気がして「わかりました」と声に出して言ってみた。真っ直ぐ佐内の目を見つめ返し、この人が俺に求めているものは一体なんなんだろう、と考える。まるで心の呟きに答えるかのように、佐内が再び口を開いた。

「…樹人くん。俺の使命はね」

「はい」

「第一に、彼らの新譜をダブルミリオンに持っていくこと。これは、PVなんだから当然だね。曲の出来は素晴らしく良いから、後はそれをどう印象づけるかだ。そのためにも、第二の使命が更に重要性を増してくる。それが、なんなのかわかるかな?」

「第二の使命……」

「それはね」

佐内の瞳が、俄《にわ》かに鋭い光を帯びて輝く。今度は、樹人もその瞬間を見逃さなかった。彼は瞬きもせずに樹人を見つめ、最後の一言まで自信たっぷりに言い切った。

「藤代樹人から、〝ジェット〟を消し去ることだ」

『ウォータープランツ』の新譜は、それまでのファンをいい意味で裏切った再生の物語だった。彼らの歌は『文学的』と評される歌詞と、ボーカルの西崎征人《にしざきまさと》が切なく歌い上げる声に人気が集まっているのだが、今回はなんといってもメロディがいい。重厚でいながら小難しくなく、耳に残る旋律はどこか痛くて懐かしい。自室でこっそり聴いていた樹人《たつと》は不覚にも泣けてきてしまい、慌ててティッシュの箱を引き寄せた。

「なんか…大人のファンが多いの、わかるよな」

鼻をくすんと鳴らしながら、しみじみとそんな独り言を漏らす。バンドは五人編成で、平均年齢は二十八歳。詞と歌を担当する西崎に至っては、まだ二十六歳という若さだ。けれど、樹人が仕入れた情報によるとファンの年齢は十代半ばから五十代にまで及び、普段はCDなど買わない年配の男性にも受けがいいらしい。ある著名な純文学作家などは、自分のエッセイでアルバムを愛聴していると書き、彼らの株をかなり上げてくれた。それがきっかけで、西崎の詞が何かとクローズアップされるようになったのだという。

「それなのに、やめちゃったんだよなぁ」

人気絶頂の時に、「バンドとして充電が必要」との理由から突然の活動休止を発表し、それから二年間メンバーはソロ活動に専念をしていた。西崎もCMやドラマに出たり、映画の曲を書いたりしていたようなのだが、その辺は樹人の記憶も曖昧《あいまい》だ。要するに、彼らはソロよりもバンドという形態でこそ魅力を発揮するタイプなのだろう。その証拠にアルバムの売上は休止中の二年間ほとんど衰えず、常に五十位以内をキープしている。そういった背景を踏まえた上での、熱望されていた復活劇なのだ。新譜のテーマが『再生』というスケールの大きさなのも、彼らの意気込みの深さを物語っている。

「だけど……」

知れば知るほど、「だけど」の数が増えてくる。

「本当に、これを俺にやらせるつもりなのかな…」

封筒に入っていた絵コンテのコピーには、素人の樹人にも想像しやすいようにと、佐内《さない》の注意書きが付け加えられていた。そんな細かい気配りが、なんだかとても有難い。

ただし、問題なのはその内容だ。

最初に佐内が説明した通り、PVの内容はショートフィルム仕立てになっていた。同封の企画書のコピーによると、主人公は西崎が演じる予定らしい。他のメンバーはフラッシュバック的に挿入される演奏シーンのみの出演で、後は『少年』と名づけられた登場人物が一人いるだけだ。そうして、『少年』の下には手書きの文字で、藤代《ふじしろ》樹人と書かれていた。

「まいったな…」

ここまで気合いを入れられると、もう後戻りは許されない気分だ。樹人は困惑しながら企画書をめくり、そこに書かれたあらすじを黙読した。

およそ七分ほどの間に語られるストーリィは、はっきりとした起承転結を追うのではなく、場面場面の印象を丁寧に繋《つな》げたという感じだ。挫折《ざせつ》と閉塞感《へいそくかん》に行き詰まっている主人公が、無垢《むく》だった自分の過去に責め苛《さいな》まれ、そこから逃げ惑ううちに自分の本質と向き合うことになる。

そうして、彼が現在の自分を心から肯定できた瞬間、過去は未来へ続く扉となり、新しい自分へと再生が果たされるのだ。『少年』は、主人公の過去を象徴する存在として、徹底的にイノセントな描かれ方をされていた。

責め苛む、といっても、彼は主人公を険しく追い詰めるわけではない。むしろ、全編を通して無邪気に笑っており、その幾通りもの笑顔によって、失った物の大きさを主人公に突きつけているようだ。おまけに、クライマックスで過去を受け入れた主人公に向かう場面では、さながら天使のごとく微笑《ほほえ》まなくてはならないらしい。はっきり言ってしまえば、〝ジェット〟のコンセプトとは正反対に位置するキャラクターだった。

「やっぱり…全然、自信ない…」

いくら佐内が優秀なカメラマンでも、樹人の引き出しは一つしかない。期待されればされるほど失敗した時が怖いし、何をどう演じれば役に近づけるのかもわからなかった。

ただ、唯一の救いはセリフが一言もないことだ。絵コンテを見る限りでは、『少年』が話している場面は一度も出てこない。前奏や間奏といった、ボーカルの入らない箇所では西崎のセリフが入るようなので、その点だけは心から助かったと思った。最後のワンカットだけは、絵コンテの横に「……（呟《つぶや》く）」と書いてあるが、これは多分振りだけで大丈夫だろう。

「本当に、大丈夫…なのか…?」

新譜を聴き、資料を読み込めば読み込むほど、樹人の不安は大きくなっていく。果たして、自分にこんな大役がこなせるのだろうか。樹人は、絵コンテを抱えて今すぐ瑛介《ようすけ》の事務所へ駆け込みたかったが、それでは何も解決しないのは先日で充分わかっていた。

『ちゃんと考えろ』

あれから何度も反芻《はんすう》した、瑛介の声がまた耳に蘇《よみがえ》る。一応、佐内にもう一度会ったことなどはメールで報告をしたのだが、忙しいのかまだ返事はきていなかった。

「本当に、どうすればいいいんだよ…」

篠山《しのやま》からは、「ぜひとも引き受けてもらいたい」と言われている。『ウォータープランツ』のPVなら世間の注目は集まるし、そこで樹人の顔がもっと知られれば〝ジェット〟の切り口も新しくなる。瑛介だってそれを望んでいるはずだ、と言うのだ。

だが、万が一失敗すれば、その影響もまた計り知れない。

「ちゃんと考えないと。ちゃんと…」

呪文のようにくり返し、乱れる思考をまとめるために、樹人はヘッドフォンを耳から外す。確かに難しい仕事だが、これが成功すれば自分にとっても大きな自信となるだろう。自分が成長すれば、何より瑛介が喜んでくれる。この先、もっといい仕事が彼とできる。

――と。

長いこと沈黙していた携帯が、充電器の上でちかちかと光り出した。音こそ消してあるが、グリーンのランプは瑛介からの着信を知らせるものだ。樹人が慌てて携帯を取り上げると、耳慣れた瑛介のぶっきらぼうな声が聞こえてきた。

「おまえなぁ、いるならさっさと出ろ。さっきから、何度も電話したんだぞ」

「本当？　ごめん、ヘッドフォンでＭＤ聴いてたんだ。『ウォータープランツ』の新曲」

「…そうか」

気のせいか、返事がワンクッション遅れたようだ。だが、樹人が不安に思う間もなく、いつもの調子で瑛介は先を続けた。

「ギリシャ行き、来週の火曜日に決まったんだ。それで、急なんだけど明日の土曜日、おまえ空いてるか？」

「う、うん。大丈夫」

「そっか。それじゃ、四時に渋谷《しぶや》の『３－ＧＯ』に来てくれ。明治《めいじ》通りに面した路面店の方。俺、そこの二階で打ち合わせしてるから、それが終わったらメシでも食おう」

わかった、と答えると、素っ気なく電話は切られてしまった。瑛介と晃吏《こうじ》のコラボレーションの効果は絶大で、『３－ＧＯ』のメンズは順調に売上を伸ばしている。今度のギリシャ行きは春夏用のポスターを撮影するためだと聞いていた。

でもさ、と手の中の携帯に向かって樹人は毒づく。

自分がモデルとして重要な選択を迫られている時に、瑛介が他の人間を撮っているのかと思うと、やはり心中穏やかでないものはある。しかも、相手はあの晃吏なのだ。普段は努めて考えないようにしているのだが、今はあまりにもタイミングが悪すぎた。おまけに、用件だけ伝えてさっさと切ってしまうなんて、冷たいのにも程がある。

「俺が…俺が、こんなに悩んでんのに…」

忙しいのはわかるけれど、少しは親身になってくれたっていいじゃないか。

樹人は釈然としない思いで、いつまでも切れた携帯を睨《にら》みつけていた。


土曜日の午後ということもあって、『3－GO』の店内は若者で溢《あふ》れ返っていた。樹人も何回かは平間《ひらま》と連れ立って買い物に来たことがあるが、来るたびに客が増えているようだ。ユニセックスなデザインも多いので、カップルで楽しめるのも人気の理由なのだろう。

(そういえば、荒木《あらき》さんもここのブルゾン着てたよな)

広告に携わるようになってから、瑛介が『3－GO』の服を着る比率は確実に高くなっている。洗練されてはいるが、あくまでストリートの匂いを残しているここのデザインは、野性味のある彼には確かによく似合っていた。だが、金のかかったイタリアンブランドを着こなす佐内と同期だと思うと、つくづく二人は対照的だと思わざるを得ない。スタイルなら全然負けていないのに、瑛介には服に凝る気持ちがさらさらないようで、恐らく『3－GO』ばかり着ているのだって、デザイナーからプレゼントされたからに違いない。

(勿体《もったい》ないなぁ…。休みには、地方から買いに来る人だっているブランドなのに…)

棚に陳列されたニット類を眺めながら、なんとはなしに樹人がため息をついた時だった。

「あのぉ、〝ジェット〟のCMに出てる方ですか…?」

「え?」

気がつけば、自分のすぐ傍らに同年代らしき男の子が立っている。彼だけではなく、ちらちらとこちらを意識している視線や、遠巻きに何か話しているグループなど、いつの間にか樹人の半径数メートル内はちょっとした興奮と熱気に包まれていた。

「今日はオフなんですか? あ、俺〝ジェット〟のCMすっごくカッコいいなぁって…」

「あ、ありがとうございます」

今更しらばくれても仕方がないので、樹人はたどたどしく頭を下げる。この間といい今日といい、なんだか最近になっていきなりこういう機会が増え出した。初めは不服そうだった平間も、今では半分諦《あきら》めているようだ。「なんか、いい匂いしてそう」とは彼の弁だが、鏡に映る顔は急激に美少年になったというわけでもないので、やっぱり樹人にはわからなかった。

頑張ってください、との言葉に面映い気持ちになりながら、樹人がもう一度頭を下げた時。その後頭部を、ポンと誰かにこづかれた。

「人気者だなぁ、樹人くん」

「さ、佐内さん？　なんで？」

驚いて振り返った樹人を、佐内が悪戯《いたずら》っぽい顔で見つめている。変なところを見られたな、と決まりの悪い思いでいたら、「荒木を待ってるんだろ？」と更に突っ込まれた。

「そうだけど…どうして知ってるんですか」

「俺も、奴に会いに来たからだよ。スケジュールを調べたら、上のオフィスで打ち合わせだって言うからさ。でも、樹人くんまで来てるとは思わなかったな。曲、聴いてくれた？」

「あ、はい。すごく良かったです。俺、あんまり『ウォータープランツ』に興味なかったけど、今度のＣＤは絶対に買いますから」

「…そういう反応、期待してたわけじゃないんだけどなぁ」

毒気の抜かれた顔になって、佐内は困ったような笑みを浮かべる。あ、そうかと思い直し、樹人は慌てて口を開いた。

「いえっ、その…仕事のことだったら、今真面目に考えて…」

「うん。実は、その件でダメ押しに来たんだよ」

「ダメ押し…？」

「そう。この間、君と話していて思ったんだ。荒木の推薦があれば、樹人くんも安心して俺の仕事を受けてくれるんじゃないかって。だから、今日は友達のよしみであいつに後押しを頼みに来た。こういうのは、電話なんかじゃ誠意が伝わらないからね」

「佐内さん……」

淡い感動に包まれながら、樹人は佐内をジッと見つめ返す。一人の新人のためにここまで熱心に動き回ってくれるなんて、彼は本当に自分の仕事を愛しているのだ。佐内の深い思い入れに感激し、樹人の瞳はいつしか微笑でいっぱいに満ちていった。

「おっと…」

それを見た佐内が、何故だか一瞬笑顔を強張らせる。そんな自分に驚いたのか、彼は素早く瞬きをくり返すと、急いで人の好い表情を取り繕おうとした。けれど、居心地の悪そうな様子は隠しようもなく、見ていた樹人はキョトンとしてしまう。凪《な》いだ海のような印象は消え失せ、樹人の視線を避けるのに、どこか四苦八苦している風にも見えた。

「あの、どうかしたんですか…?」

「え…?　いや、うーん…」

樹人が心配して尋ねると、やたらと歯切れの悪い返事が返ってくる。やがて、佐内は観念したようにホッと息を漏らすと、ひょいと屈んで間近から顔を覗《のぞ》き込んできた。今までにないほどの至近距離から見つめられて、知らず樹人は赤くなる。意表を突かれたせいか、目を逸《そ》らすこともできなかった。

「——樹人くん」

「な、なんですか?」

「俺ね、今ものすごく疑問があるんだけど」

そう言って細めた目は、樹人から全ての秘密を引き出そうとしているようだ。本能的に身構えたところで、思いがけず佐内は破顔した。柔らかな声が、緊張に強張る樹人の頬《ほお》へ甘く降りかかる。まるでとっておきの発見でもしたかのように、彼は弾んだ口調で言った。

「どうして、荒木は君の笑顔を撮らなかったんだろう?」

「え……」

「ああ、もちろん〝ジェット〟のコンセプトは俺だってわかってるよ。だけど、君はあいつの秘蔵っ子だ。〝ジェット〟以外にも、いくらだって樹人くんを撮る機会はあった筈《はず》なんだ。それが仕事になるかならないかはともかくとして、俺だったら…」

「俺だったら…なんなんだよ」

セリフの最後を横取りされ、佐内が反射的に身体を起こす。つられて視線を移した樹人は、そこに瑛介の姿を認めて身を固くした。

いつから、見ていたんだろう…――。別に、後ろめたいことをしていたわけでもないのに、なんとなく瑛介の顔が正面から見られない。「藤代樹人から、〝ジェット〟を消し去る」と宣言した佐内が、自分のすぐ隣にいるからだろうか。

「よぉ、打ち合わせ済んだのか? 相変わらず、売れっ子だね」

「おまえこそ、人の店、呑気《のんき》に覗いてる場合か?」

GO

「いいじゃないか。『3－GO』の服、好きなんだよ」

　上から下までイタリアンブランドで固めた姿には、あまりに白々しいセリフだ。だが、佐内は悪びれた様子もなく店内を見回すと、レジの脇に貼られた晃吏のポスターに目を留めた。

「…相変わらず、いい趣味してるな。あれ、ディレクションもおまえだろ？」

「ああ」

「いいよな。笑わない紀里谷《きりや》晃吏の笑顔を撮って、秘蔵っ子には笑顔を禁じ手にする。それだけでも、充分興味はそそられるじゃないか。そのくせ、トリッキーな感じがしないんだから、大したもんだよ。荒木、おまえ樹人くんの笑顔、なんで撮らないんだ？」

　佐内が先刻と同じ質問を口にした途端、樹人の胸がドキンと高鳴る。一度だけ、瑛介のカメラの前で微笑んでみせたことがあったけれど、あれは仕事ではなかった。そうして、樹人の告白を受け止めた瑛介は、「あの顔は、誰にも見せたくない」と言ってきつく抱きしめたのだ。完全な片思いだと思っていた樹人には、それこそ天地が引っ繰り返るような出来事だった。

　まさか、そんな経緯があるとは夢にも思わないのだろう。瑛介から返事がないのを訝《いぶか》しむように、佐内は僅《わず》かに眉《まゆ》をひそめる。だが、やがて沈黙から何かを察したのか、すぐに普段の調子を取り戻して言った。

「機嫌悪いみたいだなぁ。もしかして、俺が秘蔵っ子と仲良くしてるから妬《や》いちゃった？」

「さ、佐内さん。変なこと…」

「まぁ、この場合はどっちに妬いてるかで、かなり問題が微妙になってくるけどねぇ」

「…樹人。いちいち真に受けるな」

瑛介の呆《あき》れたような一言に、佐内がくすくすと笑い出す。愛敬のある笑い皺《じわ》が、張り詰めていた空気を少しだけ和らげてくれたようだ。だが、生憎《あいにく》と瑛介の方は旧友と無駄話をする余裕がないらしく、ジロリと佐内を睨みつけたまま、つっけんどんに口を開いた。

「佐内。おまえが来た理由は大方察しがつく。樹人のことだろう」

「あ、鋭い。いやさぁ、樹人くんがなかなかいい返事くれないんだ。ほら、ヒヨコって最初に見たものを母親と思い込むだろ？　だから、ここは荒木のプッシュが欲しいなと思って」

「俺の意見は、樹人に言ってある。後は、おまえと樹人の問題だ」

「でも、ヒヨコにいきなり空を飛べって言ったって、無理ってもんじゃゃない？」

「…わけのわからないたとえ話をするな。こいつだって、小さなトサカくらいは生えてんだ」

「あのさ！　悪いけど、勝手に俺をヒヨコ呼ばわりすんなよ！」

頭に来た樹人がムッとして抗議をすると、二人が同時にこちらを振り返る。彼らは、ほぼ声を合わせると「…ヒヨコだろ」とサラウンドで断言した。

「まいったなぁ。さすが、元安藤《あんどう》組じゃん」

変なところで意見の一致をみたせいか、とうとう佐内は吹き出してしまう。陽気な笑い声を上げながら、彼は瑛介とふくれる樹人を興味深そうに見つめた。

「なんか、俺たちおかしいな。荒木、やっぱりおまえの秘蔵っ子、撮らせてもらうわ」

「さ、佐内さんっ」

「言っただろう、樹人くん。俺の使命は、君から〝ジェット〟を消し去ることだって。荒木、そういうことだから。おまえに撮れないなら、俺が樹人くんの笑顔を撮る。いいな?」

「…やってみろよ」

答える瑛介の声が、ワントーン低くなる。樹人はハッとして彼を見上げたが、瑛介はこちらになど目もくれず、目の前の佐内だけを鋭く見据えていた。

「『ウォータープランツ』の新譜、業界での前評判は上々だ。あの曲に乗せて、おまえがどこまで樹人を撮り切れるか、見せてもらおうじゃないか」

「それは、できるわけがないって言ってるのかな?」

「少なくとも、普通のモデルよりは手こずるさ。樹人の見せる顔は、予測がつかない。油断していると、撮り損なうぞ。回しっ放しのカメラの中じゃ、死んだ顔しか見せないかもしれない。だから、普段の何倍も緊張するんだ。その点、おまえは集中力に欠けるからな」

「…それ、いつの話だよ。まぁ、見ているがいいさ。荒木が悔しがるような、いい表情を引き出してみせるから。それに、俺たち実はもうだいぶ仲がいいんだ。なぁ、樹人くん?」

「え……」

突然話を振られても、今更自分に何を言えというのだ。そんな思いでいっぱいの樹人は、何も言えずに瑛介と佐内の顔を見比べた。さっきから、二人で勝手に話を進めているが、肝心の自分の気持ちなど、少しも顧みようとはしてくれない。佐内ならそれも仕方がないだろうが、瑛介はまがりなりにも恋人なのだ。それなのに、彼の口ぶりはまるで商品の説明でもしているようで、樹人は少なからず傷ついていた。

「荒木さん、こないだまで…俺の好きにしろって、そう言ってたくせに…」

「樹人……」

「なんなんだよ、わかんねぇよっ。どうして俺の気持ちも無視して、佐内さんに撮ってみろとかいきなり言うんだよっ。俺…俺だって、今度の仕事については一生懸命考えてるんだっ。だけど、俺が相談した時、関係ないって顔したのそっちじゃないかっ」

「………」

「そうだよ、すごく冷たかったよっ。それなのに、ちょっと佐内さんに挑発されたら、人のこと物みたいに扱いやがってっ。俺は…俺は一体あんたのなんなんだよっ」

「何、バカなこと言ってるんだ。俺がいつ…」

「うん、してた。確かに、所有物のような言い草だったよなぁ」

緊迫感のない佐内が、余計な口を挟んでくる。瑛介がギロリと彼を睨みつけると、さすがにまずいと思ったのか、大仰に首を引っ込めて「俺は…帰ろうかな」と言い出した。

「店頭で言い合いしてたら、迷惑かかるしね。まぁ、今日のところは先に引き上げとくよ」

「佐内さん…」

「樹人くん、気に障ったんならごめんよ。荒木もそういうつもりじゃなかったと思うから、よければ場所を替えて二人で話し合った方がいいよ。PVの件は、また改めてね」

宥《なだ》めるような微笑を浮かべ、佐内が軽く右手を上げる。それを見た樹人は、自分でも意外なほどの素早さで駆け寄ると、去りかけた彼の腕を摑《つか》んでいた。

「…俺も、一緒に帰ります」

「え…?」

「今、荒木さんと二人で話しても、どうせ喧嘩《けんか》になるだけだから。俺、まだ冷静になれないし。どのみち、PVの仕事は自分でちゃんと考えて結論を出すつもりでした。だけど、荒木さんから何か言われたら、また混乱しちゃうから」

樹人の言葉に、瑛介は少し驚いたようだ。目を見開き、佐内の腕をしっかり摑んでいる姿を、信じられないとでも言いたげな顔で見ている。しかし、彼はここまで言われて尚も引き止めてくるような男ではなかった。それは、樹人もよくわかっていたので、何も期待せずに背中を向ける。さすがに、佐内も一瞬困惑の色を見せたが、周囲の人目もあったのでおとなしく樹人を連れて店から外へ出ていった。

「いいの？　仲直りしなくて」

予想外の展開に、佐内が心配そうに声をかけてくる。瑛介と相対している時は、飄々《ひょうひょう》とした中にも油断のならない雰囲気を漂わせていたが、こうして二人きりになればいつもの優しい彼だった。樹人が摑んでいる左腕にちらりと視線を落とし、佐内は苦笑ともため息ともつかない吐息を漏らす。それから、歩幅を樹人に合わせながらゆっくりと歩き出した。

「驚いたよ。おとなしい子だと思ってたけど、樹人くんって本当はかなり勝ち気なんだね。そのプライドの高いところ、めちゃめちゃ荒木の好みだろうなぁ」

「すみません…見苦しいとこ、見せちゃって…」

「俺はかまわないよ。それに、ますます樹人くんを撮りたくなったしね。君は物扱いされたって怒ったけど、やっぱり荒木にあんな風に言われたら、引き下がるわけにはいかないよ。でも、正直言って感心してるんだ。あれだけ見栄っぱりな男に、よくあそこまで言わせたね」

「え……」

「俺が知ってる荒木は、モデルの方が熱を上げることはあっても、あいつ自身が熱くなるようなことはまずなかったから。人を対象に写真を撮り出したのはごく最近だけど、昔からずっとマイペースでね。それが、俺の挑発にあっさり乗ってきやがった。あいつ、君のこととなると変わるんだな。今日の一件で、それがよくわかったよ」

「………」

こんな事態を招いてしまって、短気を起こした樹人の胸は早くも後悔にうずいている。だが、そんな状態にも拘《かかわ》らず、佐内の話はしんみりと心に染み入ってきた。瑛介にとって、あらゆる意味で自分は特別な存在なのだ。そう信じられる嬉《うれ》しい言葉の数々に、樹人はアスファルトを見つめたまま、「ありがとう、佐内さん」と小さくお礼を言った。

それにしても、間の悪い時に癇癪《かんしゃく》を起こしてしまったものだ。しあさってには、瑛介はギリシャへ行き、十日間は戻ってこない。出発前には仲直りをしたかったが、はっきりと言い合いをしたわけでもないので、どんな態度を取ればいいのか樹人にはわからなかった。

「ねぇ、樹人くん」

しょんぼりと項垂《うなだ》れる樹人を元気づけるためか、殊更明るい声で佐内が言う。

「あのさ、さっき〝めちゃめちゃ荒木の好み〟だって、俺そう言ったでしょう？」

「…はい」

「だったら、ついでに覚えておいて欲しいんだけど」

「え？」

「俺と荒木は、好みのタイプが一緒なんだよねぇ」

「…………」

冗談とも本気ともつかない口調で、佐内は笑う。

樹人は急いで彼の腕を離すと、赤くなった顔を悟られないように、ますます俯《うつむ》いて歩かねばならなかった。

瑛介がギリシャに旅立った日、樹人は篠山を通して正式にＰＶの仕事を引き受けた。

その翌日には、佐内の事務所で早速『ウォータープランツ』のメンバーとの顔合わせがあり、撮影の詳細なスケジュールが渡される。瑛介が言った通り、佐内はタイムリミットぎりぎりまで返事を待っていてくれたのだ。その分、バンドのメンバーの態度は冷ややかだったが、それはこれからの仕事で頑張っていくしかなかった。

「ようやく念願が叶って、嬉しいよ。樹人くん、これからよろしくな」

雑誌の取材があるとかで『ウォータープランツ』の面々は先に帰り、後には佐内と樹人が二人きりで残される。普段はバイトやアシスタントが出入りしているそうだが、今日は大事な日なので人払いをしたんだ、と茶目っ気たっぷりな口調で佐内は言った。

「はい、樹人くん」

「佐内さん、俺未成年ですよ？」

差し出された缶ビールを受け取って、樹人は一応お約束の返事を返す。佐内は機嫌のいい笑い声をたて、「乾杯」と言いながら軽く缶をぶつけてきた。

紆余曲折はあったが、これでもうゴールを目指して走り出すだけだ。

その思いは同じなのか、乾杯の後はしばらくどちらも黙り込む。柔らかなソファに背中を預け、ゆっくりと冷たいビールを味わっていると、ここ数日ささくれだっていた心がほんの少しだけ慰められる気がした。樹人はしんみりとため息をつき、飲みかけのビールをそっとテーブルへ戻す。ふと気がつくと、いつの間にか佐内の視線がこちらに向けられていた。

「あの、佐内さん」

「ん？」

「バンドの人たち、大丈夫かな…と思って。西崎さんとか、全然俺と話してくれなかったし。やっぱり、俺がグズグズ言ってたから怒ってるんですか？」

「ああ、そこら辺は心配しなくてもいいよ。西崎は、もともと難しい男なんだ。一度気を許せばとことん心を開いてくれるけど、そこまでいくのには時間がかかる。俺だって、初めて彼らのジャケ写を撮った時は、奴とずいぶん喧嘩したんだよ」

「佐内さんが喧嘩？　本当ですか？」

瑛介ならいざ知らず、いつも穏やかな佐内が喧嘩している図なんて、樹人にはなかなか想像がつかない。しかし、佐内はあっさりと頷《うなず》くと、「五年くらい前だけどね」と付け加えた。

「今でこそほとんど俺に任せてくれるけど、西崎には確固たる自分の世界があって、少しでも納得しないとテコでも動かないんだ。正直に言えば、樹人くんの起用に関してもなかなか承知してくれなかった。多分、〝ジェット〟のイメージが強すぎたからだろうね。でも、他の奴らは単にマイペースなだけだから。気にしなくても大丈夫だよ」

「じゃあ、西崎さんが納得いくような仕事をしないとダメなんですね」

「うん。あいつは天才だから、悪いけど甘やかしてやって」

佐内が何気なく放った言葉に、樹人はまた驚かされる。今の一言で、佐内と西崎の間にどれだけ強い信頼関係が結ばれているのかわかったからだ。そんな相手を怒らせてまで、彼は自分をキャスティングしてくれた。その気持ちには、真摯《しんし》に応えなければと樹人は思った。

「そうだ。大丈夫と言えば…」

美味《うま》そうにビールを飲み干し、佐内は思い出したように話題を変える。

「ほら、樹人くんも荒木と喧嘩してただろう？　あれから、彼とは会ったのかな？　もし、まだ仲直りしてないなら相談に乗るよ？」

「え……」

「それくらい当然だよ。今日から、樹人くんは俺の秘蔵っ子になるんだからね」

「………」

そんな風に言われると、樹人の口はますます重たくなってしまう。佐内の心配は有難かったが、仕事のことならいざ知らず、プライベートな問題でまで頼るわけにはいかなかった。おまけに、瑛介と揉《も》めた理由には少なからず今回の仕事が関係している。もともと、瑛介と佐内が張り合うように自分を引き合いに出したのがきっかけなのだ。

「荒木さんには、あれから会っていません。電話も何度かしたんだけど…いつも留守録で」

「ええ？　薄情な奴だなぁ」

「ロケの出発前だから、いろいろ忙しかったんだと思います。そうでなくても、用事がない時には連絡とかしてこない人だから。だから…」

それ以上は何も言えなくなった樹人を、佐内はただ優しく見つめていた。まるで、そんな反応までとっくに予測済みだったようだ。彼はゆっくりと両腕を組むと、おもむろに口を開いた。

「あのね、樹人くん」

「…はい」

「もしかして、荒木と付き合ってる？」

一瞬、樹人は自分の耳を疑った。何か、うっかり悟られるようなことでもしていただろうか。瑛介には口止めこそされていないが、自分たちが不自然なカップルなのは重々承知しているので、それなりには気をつけていたつもりだったのに。けれど、佐内は相変わらず飄々とした顔を崩さずに、狼狽《うろた》える樹人に向かってもう一度問いかけた。

「樹人くんは、荒木の恋人なんだろう？」

「佐内さん……」

「大丈夫。誰にも言わないから。まぁ、バラしたところで何の得にもならないし。ただ、荒木の昔馴染《なじ》みとしては、かなり驚いてはいるんだけどね。この業界には実際ゲイがとても多いんだけど、奴はそっちにはまったく興味がなさそうだったから」

佐内の話を聞いている間、樹人の脳裏を様々な答えが駆け巡っていた。素直に認めてしまおうか、それともあくまでしらを切り通そうか。いくら瑛介の友人とは言っても、二人の関係を自分の一存で他人へ話すのはまずくはないだろうか。

「樹人くん…？」

ただでさえ瑛介とは微妙な時期にあるだけに、樹人はいつまでも唇が動かせなかった。

「…ごめん、困らせちゃったみたいだな。樹人くんが西崎の態度でナーバスになってたから、俺は味方だよってつもりで踏み込んでみたんだけど…逆効果だったようだ」

本気で申し訳なさそうにしている佐内が気の毒で、樹人は黙って頭を振る。本当は、誰かに相談をしたかった。そんな弱い心を見透かされたようで、たまらなく自分が情けなかった。

「いいんです」

樹人は、できる限り背を伸ばして言った。

「どっちにしろ荒木さんは日本にいないから、仲直りしようもないんです。だけど、俺が自分の仕事を一生懸命やっていれば、そういうのちゃんと汲《く》み取ってくれる人だから。だから、俺は明後日からの撮影を、頑張ります」

恋人なのか、という問いに対しては否定も肯定もしなかったが、佐内にはそれで充分に伝わったようだ。彼は短い沈黙の後、思いついたように目を輝かせた。

「確か、荒木の帰国は九日後だったよな。こっちの撮影は明後日から五日間の予定だから、その足で会いに行っちゃえば？　意地っ張りなあいつも、異国の地で再会したらさすがに感激するんじゃないかな。そうしたら、きっと仲直りなんて簡単だよ」

「会いにって…ギリシャへですか？」

思いも寄らない提案に、樹人は目を丸くする。ロケ地や日程などやけに詳しいと思ったが、そういえば、佐内は瑛介のスケジュールを調べたと言っていた。だが、国内線にも乗ったことのない自分が、いきなりギリシャになんて行けるわけがない。第一、ＰＶの撮影が終わって一週間もしたら期末試験だ。モデルを続ける条件に、両親から成績の順位を下げないようにと厳命されている樹人には、あまりに無謀なアイディアに思えた。

「まぁまぁ、樹人くん」

樹人の驚きぶりが予想以上だったのか、佐内が宥めるように肩を叩《たた》いた。

「そんな呆然《ぼうぜん》とした顔しないで、真面目に可能性を考えてごらん。同じ地球上の国だぞ？　もし、これから先も荒木と付き合う覚悟があるなら、距離にこだわったりしてちゃダメだ」

「ど…どうしてですか」

「どうしてって、そんなの決まってるだろう」

少し呆れたような声音が、続けて佐内の口から零《こぼ》れ出る。彼は充分な確信をたたえた瞳で、樹人へ詰め寄りながら断言した。

「君も荒木も、いずれ世界に出る人間だからだよ」

「世界……」

「そう。たった一時間の逢瀬《おうせ》のために、裏側の国へだって飛んでいかなくちゃならなくなる。君たちが付き合うっていうことは、そういう意味になるんだよ。多分、荒木はちゃんとわかってると思うけどなぁ。あいつ、クールに見えて相当な野心家でしょう?」

「………」

瑛介が野心家というのには異論はないが、それ以外については一体誰の話をしているのだろう。いきなり世界だとか言われても、途方もなさすぎて樹人にはピンと来ないが、佐内の自信に満ちた微笑みは反論の余地を与えないものだった。

「俺と荒木さんが、世界に出る…」

「そうだよ。言ってみれば、〝ジェット〟はその第一歩、今度の仕事は第二歩になるわけだ。ついでに言うと、俺だって『ウォータープランツ』だって照準は世界だからね。まぁ、五年後くらいには世界のどこかで、笑いながら今の会話を思い出してるさ」

「はぁ……」

やっぱり、瑛介の友達なだけはある。明るく陽気なだけではない、佐内の情熱的な側面を見せられた樹人は、そう心から納得をしたのだった。

撮影は、そのほとんどを海辺の小さな別荘地で済ませることになっていた。クリスマス前の今の時期には、あまり人が近づかないのが良かったらしい。東京からも車で三時間ほどしか離れていないので、動きやすくていいと佐内はご満悦だ。当初、レコード会社の担当は海外ロケを予定して派手にいくつもりだったようだが、バンドのメンバーの一人に臨月を迎える妻がいるらしく、国内でなければ嫌だと突っぱねられての結果だという。

「でも、実際海外でなくちゃ撮れない写真《え》なんてそう多くはないんだよ。要は、担当者が仕事にかこつけて遊びたいだけなのさ。それよか、学校の方は大丈夫？」

「なんとか。篠山さんが、上手《うま》いこと交渉してくれました。現場は俺一人でも平気だし、たびたび様子を見に来るとは言ってましたけど。そうだ、佐内さんによろしくって」

鏡に映った佐内に向かい、メイク中の樹人が張り切って返事をする。プライベートビーチを持つ瀟洒《しょうしゃ》な別荘を、彼らは宿舎代わりに借りているのだ。女の子でも連れてきたら一発で落ちそうなアンティークな内装のシックなお屋敷だったが、生憎と今回の撮影はスタッフ、キャスト共に男性の比率が極めて高い。そういう中では、最年少の樹人など学生だというだけで、新人の割りに大事に扱われているのだった。

昨夜別荘に到着した一行は、午後いちから始まる撮影のために現在準備に余念がない。樹人のへアメイクをチェックするために控室を訪れた佐内は、段々と出来上がってきた顔に満足そうな様子で頷いてみせた。〝ジェット〟ではシャープさが強調されたが、打って変わって今回は、柔らかな印象とあどけなさがポイントのようだ。衣装も青いチェックの半袖《はんそで》シャツと白いTシャツのインナーだけで、ボトムはいい具合に色落ちした古着のリーバイスだった。

「うん、いい感じだね。けっこう、樹人くんの素に近いんじゃない？」

「そうですね…。なんか、私服と変わらない感じです」

素直に答える樹人は、一見そこら辺を歩いている普通の高校生にしか見えない。だが、こうしてプロの手で丁寧に磨かれていくと、いつもは眠っているもう一人の自分が静かに呼び覚まされていくのがわかった。淡い光が肌の内側から溢れ、樹人が動くたびに細かな粒となって宙を舞う。そんな表現がしっくりくるような、不思議なニュアンスが全身を包んでいた。

「撮影に入る前に、改めて確認をしておきたいんだけど」

「はい」

すっかり身支度が整い、ヘアメイクが出ていった後。佐内が、おもむろに口を開いた。

「樹人くん、君はボーカルの西崎が演じる主人公の過去だ。かつて確かに存在はしていたけれど、現実には実体を持たない。だから、どこにでもいそうなのに、本当はどこにもいないんだ。その微妙な感じを、上手く出して欲しい」

「…それで、少年はいつでも微笑《わら》ってるんですか？　主人公がどんなに悪態をつこうと、背中を向けようと、全然表情は変わりませんよね？」

「そんなことはないさ。同じ笑顔なんて、俺は二回も撮るつもりはないよ」

「え…で、でも……」

樹人だって、仕事が決まってからは何度も絵コンテを読み込んでいる。それなのに、佐内が思いがけないことを言い出したため、軽いパニックに陥ってしまった。

「絵コンテには、ただ笑うとしか…」

「どんな風に笑うかは、樹人くんがどこまで少年を理解できているかで変わってくる筈だ。だから、あえて細かな指示は書いておかなかったんだよ。いいかい？　ただ漠然《ばくぜん》と笑っているだけじゃ、ダメなんだ。それなら、どうして主人公は少年から逃げるんだろう？　見ている方も、納得しないよな？　同じ一本調子の笑顔で通していたら、ラストで主人公が少年を受け入れる場面に説得力がまるで出ないと思わない？」

「それは……」

確かに、それは佐内の言う通りだ。絵コンテに何十回目を通そうと、上っ面だけを眺めていたのでは意味がなかったんだと、樹人は愕然《がくぜん》としながら思った。

「まぁ、そんなに深刻な顔をしないで。無理だと思ってたら、最初から樹人くんを選んだりはしないよ。君は、俺に選ばれたんだ。そのことを、もっと誇って欲しいな」

「でも、あんなにミーティングも重ねたのに…。俺、ちっとも佐内さんの目指してることを理解してなかった…。すみません…」

「大丈夫。西崎も、撮られているうちに入り込んでいくタイプなんだ。樹人くんも、そうなるよ」

さほど気に留めていないのか、佐内は笑ってやり過ごす。けれど、彼が次に口にしたセリフは、声音こそ柔らかいがもっと厳しいものだった。

「絵コンテを見てるんだから、いろいろ考えていると思うけど…」

「はい?」

「ほら、クライマックスで主人公が君と向き合う場面。ずっと過去から目を逸らしていた主人公が、本当の自分は過去の積み重ねから生まれているんだって、ようやく認めるくだりがあるだろう?　あそこで、何を言うかもう決めた?」

「何を…って…セリフですか…?」

恐る恐る問い返すと、何を今更とでも言うように佐内がひょいと肩をすくめる。

「ちゃんと書いてあるでしょ?　(呟く)って。画面に声は流れないけど、重要な意味を持ったセリフなんだよ。唇の動きがアップになるから、いい加減な一言じゃ困るなぁ」

「………」

「ま、撮影は順撮りでいくから、最終日までに考えておいてくれればいいけどね」

佐内はにこやかにそんなことを言うが、撮影は全部で五日間しかない。最終日なんて、それこそあっという間にきてしまうだろう。樹人は半ば呆然としながら、もしや佐内はわざとミーティングではこの話題に触れなかったんじゃないか、と思った。

人当たりのいい笑顔にうっかり騙《だま》されそうになるが、樹人が芝居に関して素人なのを考慮すれば、本当はもっと綿密な打ち合わせがあってもいい筈だ。まして、そんな重要なセリフが未定のままなら、考える時間だってたくさん欲しい。それなのに、いよいよ本番が始まるという段になって次々問題をふっかけてくるなんて、自分を追い込もうとしているとしか思えない。

本当に…と、つくづく呆れる思いで樹人は佐内を見返した。

カメラマンって人種は、いい写真《え》のためならなんだってするんだな。

「そろそろ、時間だね。樹人くん、よろしく頼むよ？」

「…佐内さん……」

「ああ、そんな頼りない顔しなくても大丈夫だって。気に入ってくれたんだろう？　君なりの解釈で、ラストに相応《ふさわ》しい言葉を選んでくれればいいんだから。本当は、西崎が自分で考えるって言い張ったんだけどね。でも、樹人くんのセリフに納得がいけば、ちゃんと採用するって約束になってるから。責任重大なんで、頑張ってくれよな」

「そ、そんなの無茶ですよ！　俺、国語の成績だってずっと平均点以下なのに！」

樹人は、たちまち顔面蒼白《そうはく》になった。西崎の詞は、純文学作家が褒《ほ》めるほどのレベルにあるのだ。それなのに、彼を黙らせるセリフを言えだなんて、あまりに酷すぎる。

「あのね、考えすぎたらダメなんだよ」

そっと樹人の両肩に手を置くと、佐内はギュッと手のひらに力を込めた。

「俺が君に求めているのは、見る者を不安にさせるほどの無垢な存在だ。けれど、それ故に主人公は逃げようとするし、君を受け入れることで一回り成長もする」

「だから…最後は天使のように微笑むって、書いてあるのか…」

「そう。ちょっとクサい言い回しだけど、他に言い様もないからね。このPVのコンセプトは再生だけど、裏テーマは『救い』だ。再生と救い。言葉にするとご大層な感じだけど、日々を生きるってことは、結局これのくり返しなんだと俺は思う」

「………」

「樹人くんは、いい目をしてるからね。飢えているくせに、透明感がある。普通、その二つは共存しないものだけど、君はどっちも持っているんだよ。なんだか…欲しくなる感じだね」

サラリときわどい感想を漏らし、佐内はゆっくりと手を放す。彼がどうして自分に固執していたのか、その理由の一端がちらりと覗けた気がした。

「再生と…救い……」

うっかり踏み込んだ世界は、想像よりも遥《はる》かに奥が深かったようだ。恋の悩み一つ解決できない自分に、一体何ができると言うのだろう。

あまりに壮大すぎるテーマを前に、樹人はただため息をつくばかりだった。

「見る者を不安にさせるほどの無垢、だって？　そんなの無理に決まってるじゃないか…」

すぐに行くから、と現場へ向かおうと促す佐内へ告げ、樹人は控室で一人になる。思えば、こんなに途方に暮れた気持ちになるのは〝ジェット〟以来だった。あの時は、わけもわからず瑛介に振り回され、無理やりカメラの前に立たされた。だが、今度は自分の意志でそうするのだから、どんなに弱音を吐いたところで自業自得だ。

「佐内さんも、とんだ策士なんだもんなぁ」

あんなに『人の好いお兄さん』を好演しておきながら、仕事に入った途端かなりの食わせ者に変貌《へんぼう》するなんて思わなかった。ついそんな愚痴を零しそうになり、慌てて口を閉じる。

瑛介と仕事をした時も、自分は何度も無理に決まっているとくり返した。瑛介は佐内ほど優しくはなかったし、必要な説明ですら飛ばしてしまう強引なところが多かったので、相手の気持ちが見えない分余計に辛《つら》かった。それでも、自分は頑張れたのだ。今は、その力を信じてやるしかないだろう。それが少しでも自信に繋がってくれれば、瑛介との付き合いにもきっとプラスになるに違いない。

「荒木さん…どうしてるかな…」

ポツリとそう呟いたら、無性に瑛介が恋しくなってきた。

瑛介からは、まだ一度も連絡がない。島へ渡るとか言っていたから、移動が大変なのかもしれないが、あんな別れ方をしたままなので樹人は不安でたまらなかった。仕事に打ち込むことで全てが良い方向に向かうと信じて、かろうじて冷静さを保ってはいるが、やっぱり側に彼がいないのは致命的な淋しさだ。

「もしかして、俺のことなんて二の次になっちゃってるのかなぁ…」

仕事に夢中になっているのなら、それも充分にありえることだ。二人の間にカメラがある限り、どんなトラブルでも乗り越えていける。それが嬉しい反面、仕事と恋愛の両立は想像以上に難しかった。恐らく、店に残された瑛介もそれを痛感したことだろう。

「会いたいな……」

どんなに恋しくても、こんな状態で顔を合わせたらろくな結果を生まないに違いない。普通の恋人同士のように、抱き合えばそれで全てがチャラになる関係ではないとわかっている。

——それでも。

『会いに行けばいいのに』

佐内の言葉は、薄闇の袋小路に迷い込んでいた樹人へ渡された、小さな扉の鍵だった。最初に聞いた時こそ非現実的な、と面食らったが、いつ必要になるかわからないと篠山に言われてパスポートは前に取ってあったし、親が管理しているとはいえ〝ジェット〟のギャラでチケットくらい余裕で買える。要は、時間とフットワークの問題だけなのだ。

『いずれ世界に出ていく人間だからだよ』

なんだか、どんどん視界が変わっていく気がする。

派手な親友を横目で見ながら、地味で平凡な高校生活を送っていた。そんな日々が、ほんの数ヵ月前まで自分の世界の全てだったのに。

鏡に映った見慣れない顔を見つめながら、樹人は我知らず感慨に耽《ふけ》ってしまった。

「樹人くん、それは違うんじゃない」

佐内の一言で、緊迫していた空気がいっきに緩む。樹人と対峙《たいじ》していた西崎はやれやれとため息をつき、少し大袈裟《おおげさ》な仕種《しぐさ》で空を仰ぎ見た。スタッフたちも互いに顔を見合わせて、複雑な表情を作っている。急いで「すみません」と言ったものの、どうすればいいのかわからない樹人は、仕方なく左内の次の言葉を待っていた。

「笑うんだよ」

佐内よりも先に、ボソリと西崎が独り言のように呟く。さっきから、何十回とそうしているじゃないかと樹人はムッとしたが、佐内が「違う」というからにはそれは求められた笑顔ではないのだろう。日が落ち始め、薄着をしているので腕に鳥肌が立ったが、ファーストシーンからずっとつまずいている以上気にかけるどころではなかった。

「どうしたんだよ。モデルは笑うのが商売だろ?」

樹人が黙っているので、イラついた西崎はますます声を尖《とが》らせる。芝居に関しては彼もプロとは言えないだろうが、ドラマ主演の経験もあるし、何よりステージで鍛えた自己演出の上手さが際立っている。佐内は彼を「天才だから」と評したが、それも頷ける勘の良さだった。

「なぁ、あんた」

返事をしない樹人に、刺々しく西崎が詰め寄ってくる。

「俺をイラつかせて、どうすんだよ。完璧な笑顔で、脅えさせてくれよ」

「…すみません」

西崎は初対面から無愛想な青年だったが、今は明らかに苛立《いらだ》っていた。けれど、それも無理はないだろう。普通の映画と違って、PVは曲を売るのが目的だ。要するに、このフィルムも佐内ではなく西崎を始めとするバンドのメンバーのために存在する。おまけに長い沈黙を破っての、文字通り勝負をかけた一曲だ。それを、慣れない高校生モデル一人に潰《つぶ》されたのではたまらないに違いない。

いずれにせよ、今日は暗くなりすぎてしまった。樹人にダメ出しをした後で、佐内は数人のスタッフと小声で相談をしていたが、結局は屋内を使った別の場面を先に撮ることにしたようだ。セットの支度が済むまで、樹人たちは休憩ということになってしまった。

「…がっかりだな」

樹人が用意された飲み物からミネラルウォーターを選んでいると、再び西崎が隣に立つ。まだ、樹人への文句が言い足りないのだろう。その右手には、彼が二年連続でＣＭに出演しているホットコーヒーの缶が握られていた。

「笑えって言われたら、百通りで笑えるのがプロだろ」

「………」

「佐内さんが見込んだっていうから、どんな凄《すげ》ぇ奴かと思ってたら。ただのガキじゃん」

何も言い返せない悔しさに、樹人はひたすら黙って彼を見つめ返す。項垂れて、しょんぼりと視線を落とすのだけは嫌だった。仕事を受ける前は「素人同然だから」と平気で口に出せたが、現場に出てきた以上それは通用しない。瑛介から叩き込まれたのは、何もファインダーに綺麗《きれい》に収まる方法だけではないのだ。

ただ、実力が伴わない現実はやっぱり辛かった。「笑え」と言われてすぐ反応のできない、自分の鈍さにもイライラした。佐内の求めているキャラクターが、どうしても樹人には上手く摑めない。わかるのは、言葉で理解しただけではダメなのだということだけだ。

西崎は黙ってコーヒーを数口飲むと、何も答えない樹人に向かって尚も話しかけてきた。

「俺たちの写真やプロモは、ずっと佐内さんにやってもらってる。俺自身、無条件に信頼してるカメラマンは彼だけだ。だから、知ってるよ。佐内さんはコネや事務所のゴリ押しで、モデルを選ぶ人じゃない。彼のお眼鏡に適《かな》ったんなら、あんたには何かがあるんだろう」

乱暴な口調でそう語り、きつく樹人を睨みつける。言ったセリフとは反対に、彼が佐内の人選に少しも納得していないのがよく伝わってきた。「何かがある」とでも思わなければ、到底やっていけないと言わんばかりの眼差しに、樹人の心はずんと重さを増す。思えば、彼の作る詞もそんな厳しさを感じさせるものが多かった。

「本当、全然わかんねぇよ。あんたなんか、そこら辺の学生と一緒じゃん」

飲み干した缶を右手で握り潰し、離れたゴミ箱へ放り投げる。二十代も半ばを過ぎたというのに、西崎の仕種はどこか拗ねた子どもを連想させた。

「とにかく、あんたが最後までこの調子なら、俺は今後二度と佐内さんを使わない」

「そんな……」

「俺、本気だぜ。そうなったら、あんたの責任だ。覚悟しておけよ」

なんだか、不良の先輩に理不尽な脅しをかけられているようだ。さすがに腹に据えかねて、樹人も強く彼を睨み返す。言いたい放題言ってくれたが、いつまでも言われっぱなしでいるもんか、とついでに心の中で啖呵《たんか》を切った。

「…へぇ、驚いた。睨んだ面だけは、一人前じゃん」

西崎は皮肉っぽい微笑を片頬に浮かべると、さっさと踵《きびす》を返して歩き出す。その途端、ドッと全身の緊張が解け、樹人は手ぶらでその場所から逃げ出した。

結局、その日の撮影は深夜まで及んだのにも拘らず、さしたる進展はみられなかった。

樹人はかろうじて数テイクのＯＫを貰《もら》ったが、ＮＧ続きの現場に西崎の機嫌は最悪になり、今は佐内が彼を近くの街まで飲みに連れ出している。他のスタッフは明日も早いので、それぞれが割り当てられた部屋で休んでしまった。

「疲れた……」

樹人の部屋は客室だったのか、幸運にも専用のバスルームがついている。お湯を張ったバスタブに身体を沈めた瞬間、深々としたため息と共に弱音がふっと口をついて出た。唯一の救いは、どんなに撮影が捗《はかど》らなくても佐内が終始にこやかだったことくらいで、西崎の刺すような目つきは思い出すだけでも胃が痛くなりそうだ。それだけ新曲に入れ込んでいる証《あかし》だろうが、やっぱり気持ちのいいものではなかった。

「あいつ、絶対にサラリーマンとか無理だよ。ガン飛ばしてるとこなんか、Ｖシネのヤクザみたいだもんな。歌ってる時はカッコいいけど…でも、性格は最悪だよ…」

癪に障るのは、そんな西崎でもカメラが回るとパッと表情を変えて見せるところだ。憧憬《どうけい》と悲しみ。痛みと希望。混沌《こんとん》とした感情を交互に浮かべる彼に対して、樹人はあくまで微笑を崩さず、高みから見下ろしていなければならない。佐内から「同じ笑顔は撮らない」と言われたが、実際には何がＯＫで何がＮＧだったのかさえ、まったくわからずじまいだった。

明日からは、きっともっと大変になるだろう。おまけに、ラストのセリフという宿題も考えておかねばならない。心細さは募るばかりで、本当はすぐにでも東京へ帰りたかった。

「…荒木さん、どうしてるかなぁ」

バスタブの中で膝《ひざ》を抱え、少しでも元気を出そうと樹人は瑛介の顔を思い浮かべる。十月でサマータイムは終わっているから、ギリシャとの時差は七時間だ。ロケに来る前にネットで情報を検索してみたのだが、瑛介たちが赴いている場所はシフノスという小さな島で、シーズンオフの寂《さび》れた時期を考えると、こちらから気軽に連絡ができそうな雰囲気ではなかった。

「パソコンくらい、持っていってくれればいいのに…」

言うまいと思いつつも、やっぱり文句は出てしまう。瑛介は仕事以外ではパソコンを使わず、まして海外ロケともなれば身軽さを身上にできるだけ荷物を持たない主義だ。メールでも送れれば仲直りのきっかけだって摑めるし、このモヤモヤとした気持ちとも冷静に向き合えるかもしれないのに、と思うと恨めしかったが、そこまでワガママも言えなかった。

「でも…でもさ……」

『おまえの飢えた顔、見てみたいな』

あれだけ意味深な発言を残しておきながら、日本に放り出していくなんてあんまりだ。樹人は一度頭までお湯に潜ると、滲《にじ》み出した涙を乱暴に洗い流した。

「…会いに行こうかな……」

試しに、そう呟いてみる。もしも自分がギリシャへ飛んだら、果たして佐内が言うように、瑛介は喜んでくれるのだろうか。

堂々巡りの物思いを振り切るように、樹人は濡《ぬ》れた髪を両手でかきあげる。瑛介には会いたかったが、それはきちんと仕事をまっとうできたらの話だ。今の状態では、とてもそんな甘い夢を見ている場合じゃないだろう。厳しく自分へ言い聞かせ、明日からもっと頑張らなくちゃと無理やり気合いを入れている時だった。

「あれ…?」

鈍い物音が、不意に耳を掠《かす》めたような気がする。不審に思った樹人は、バスタブの近くにしつらえてある洗面台を振り返った。その上に、バイブ機能に切り替えた携帯を置いておいたのだ。篠山からいつ連絡がきてもいいように、バスルームまで持参していたのだった。

慌てて濡れた手を伸ばした樹人は、液晶の画面が『ヒョウジケンガイ』になっているのを見てギョッとする。一体こんな遅くに誰だろうと訝しみながら電話に出ると、耳障りな雑音がいきなり鼓膜を直撃してきた。

「もしもし、もしもし?」

『………』

「もしもし? どちら様ですか?」

一向に鳴り止まないノイズに、もう切ろうかと思った瞬間。

思いがけない声が、唐突に耳へ流れ込んできた。

『…樹人か？』

「あ、荒木さんっ？　本当に荒木さんっ？」

『…おう…まぁな…』

会話にだいぶタイムラグが生じるが、確かに電話口からは瑛介の声が聞こえてくる。電波事情が悪いのか、雑音の激しさが樹人の焦る心に拍車をかけたが、瑛介は至ってのんびりとした口調で『元気か』などと言ってきた。

『佐内の仕事、確か今日からだろ。…どうだった？』

「どうって、そんなの電話じゃ言えないよっ。大体、この間は…」

『こっちはな、ちょうど夕飯食ってるんだ。思ったよりあったかいんで、なかなか…』

「夕飯の話なんて、どうでもいいよっ。なぁ、どうして何も言わないで出発しちゃったんだよ。俺、すっごく不安で…仕事だって上手くいかないし…荒木さん？　荒木さん、聞いてる？」

『…樹人……』

「なにっ？」

『あのな……だろ…』

「わかんないよ、なんて言ってるんだよ？　あのさ、よく聞こえなくて…あっ！」

我知らず興奮していたせいか、そこでツルリと手が滑る。樹人は反射的に片方の手を出したが間に合わず、無情にも携帯はバスタブの底へ沈んでいってしまった。

「う…嘘……」

真っ青になって引き上げたがすでに遅く、どこをいじろうが携帯はウンともスンとも言わなくなっている。当然、海と時差を越えた電話など繋いでくれるわけもなかった。

「嘘だろ…。せっかく…せっかく、電話がかかってきたのに…」

泣くほどの気力も湧《わ》いてこなくて、樹人はひたすら呆然と無言の物体を見つめ続ける。思考の完全にストップした頭に、遠いギリシャの雑音だけがいつまでも鳴り響いていた。

「もう…なんなんだよ……」

呟く唇が、小刻みに震えている。

「なんなんだよ、これ…」

出発前に揉めたこともあって、まさか電話をくれるなんて期待していなかった。

だから、本当に本当に嬉しかったのに。

「荒木さん……」

ただでさえ落ち込み気味だった樹人は、なんだか神様からダメ押しをされたような気分に襲われる。ズルズルと力なくバスタブに沈み込むと、右手からそっと携帯が離れていった。

佐内がどんな宥め方をしてくれたのか知らないが、翌日の西崎は樹人が覚悟していたほど不機嫌ではなかった。だが、安心したのも束の間、樹人のNGが何度も続くとやはり雰囲気は険悪になってくる。遅れて合流してきたバンドの連中に向かって、聞こえよがしに文句を言っている様子は、ただでさえ萎縮《いしゅく》しがちな樹人をますます追い詰めた。

こうなってみると、直接声をかけてきただけ昨日はマシだったんだな。

休憩時間に、ポツンと一人で浜辺に座った樹人は、遠目に賑《にぎ》やかな西崎たちを眺めながらそんな感想を漏らす。借りている屋敷の裏手が直接砂浜へ繋がっており、彼らは広いテラスでバーベキューを楽しんでいるのだ。強行軍だと思っていたスケジュールも、ロケ地が海ともなればそれなりに遊び心がうずくのだろう。佐内やスタッフも混じって、樹人のいる所まで肉の焼ける美味しそうな匂いが漂ってきた。

「俺、何やってんのかな…」

真冬の空は寒々しいが快晴で、今なら思い切り笑うことだってできそうだ。けれど、いざカメラが回り、西崎と顔を合わせてしまうと、とても「高みから微笑む」なんて心境にはなれなかった。バーベキューもスタッフはちゃんと誘ってくれたのだが、食欲がなかったので断ったのだ。仕事もまともにこなせないのに、肉なんか喉《のど》を通るわけがなかった。

「樹人くん、寒くないの?」

　不意に頭上に影が差し、樹人はゆっくりと顔を上げる。ヘアメイクを担当している数少ない女性スタッフが、紙皿に乗せた料理と誰かのウィンドブレーカーを片手に微笑んでいた。

「はい、これ。今日も夜中まで撮影だから、ちゃんと食べておいた方がいいよ」

「…ありがとうございます」

　せっかくの好意なので、樹人は差し出された紙皿と服を有難く受け取った。料理はともかく服は誰のなんだろう、と考えていたら、「佐内さんよ」と教えられる。

「空腹でぶっ倒れたり、風邪でもひかれたら大変だからって。樹人くん、大事にされてるね。佐内監督は基本的に優しいんだけど、よく樹人くんのこと見てるなって思うもの」

「でも、俺あんまり役に立てなくて…」

「そうかなぁ？　たまに、ドキッとするようないい表情してるよ？　すっごく哀しそうに笑ってたりすると、なんか母性本能くすぐられるって感じだもん」

　それは、なかなかＯＫが出なくて、どうしていいかわからなくなっている時だ。でも、彼女の気持ちは嬉しかったので、樹人はペコリと頭を下げた。

『再生と救い。日々を生きるって、これのくり返しだと俺は思う』

　差し入れの料理を口へ運びながら、寄せては返す波を樹人はひたすら見つめる。今回のＰＶの舞台が海なのも、このテーマに相応しい場所だと佐内が考えたためだろう。真冬の海なんて今まであまり興味がなかったが、長い時間見ていると不思議と冷たい感じがしなくなってくる。

多分、自分と闘っている今の状況を、見守っていてくれる気がするからだろう。

一人でいることに変わりはないけれど、そこに『彼』の存在を感じるだけでなんだかとても救われる。海から受ける優しい感覚は、瑛介と過ごす時と同じものだった。充分に心を休めたら、またちゃんと自分の力でやっていける。そう信じさせてくれる温かさが、瑛介にはある。

「再生と…救い…か…」

大上段に構えたテーマだと気後れしていたが、佐内の言っていた意味が、今ほんの少し理解できた気がした。大好きな人がいて、一生懸命になれるものがあって。それらは全部、過去の積み重ねから生まれたものなのに、西崎の演じる主人公はどうして過去から逃げようとしているのだろう。何故、『少年』の笑顔は彼を追い詰めることになるんだろうか。

「…ダメだよ。これじゃ、最初に逆戻りだ」

こんがらがった頭を左右に振って、樹人はまたため息をついた。

もうすぐ、休憩時間が終わる。撮影は序盤の終わりに差しかかっていて、樹人の調子さえ良ければ明日から中盤へと突入できる予定だ。

「おまえらの出番、まだまだ先かもしんないぜ」

西崎がウンザリした声で仲間に話していたのを思い出し、樹人は砂浜に向かって「…こんなんで、笑えるわけないじゃん」と小さく毒づいてみた。

相変わらず、上手くいかない。

佐内の「カット」の声がかかるたびに、身の竦《すく》む思いがする。

撮影に入って三日目になっても、樹人には『少年』の浮かべる微笑も笑顔も、まるきり摑めてこなかった。それでも、昨日海を見ながら考えたことは少なからず視界を広げてくれた気がするのだが、どうしても決定的な何かが欠けている。なんだか、スルスルと手の中から逃げていく正体のないものを、無理して捕まえようとしている気がしてきた。

空いている時間に佐内へ相談をしてみようか、とも思う。ラストシーンは明後日に迫っているし、このまま進んでも納得のいく仕上がりにならないのは目に見えている。おまけに、樹人の起用が失敗に終わるなら、もう二度と佐内は使わない、と西崎が言っているのだ。まさか本気で言っているとも思えなかったが、佐内が著しく彼の信用を失うのは避けられないだろう。

携帯を壊してしまったので、もう瑛介からの連絡も望めない。今度、彼と顔を合わせるのは、PVの仕事が全て終了した後だ。その瞬間、自分は正面から彼を見ることができるだろうか。これが俺のやった仕事だよ、と胸を張って報告ができるのだろうか。

絵コンテも企画書も、ボロボロになるまで読み込んだ。初日の撮影に入る直前、佐内が話してくれたコンセプトについても、できる限り想像を膨《ふく》らませてみた。何かの参考にならないだろうかと、資料と一緒に貰った佐内がこれまで手がけた写真集やCDなども持参して、毎晩部屋で研究しているが、新しいヒントは拾えない。ただ、瑛介が「佐内はいい写真を撮る」と評した言葉には、改めて深く納得をした。

被写体は老若男女、活動の拠点が芸能界なだけあって有名人が多かったが、樹人が一番気に入ったのは、アイドル予備軍の女の子たちを撮り下ろした写真集だった。普通なら水着だったり男受けのいいポーズを取らせたりするところを、佐内は彼女たちにひたすら散歩をさせている。普段着をラフに着てお馴染みの道を歩いていたり、迷路のような小道に迷い込んでみたり。どの女の子も軽い探検気分で顔をわくわくさせ、作り物でない笑顔がとても可愛く切り取られている。そのせいか、見ているうちにまるで自分のGFか妹が撮られているような気分になってくるのだ。その視点の優しさが、佐内の最大の魅力だと思った。

それなら、今回の視点はどこにあるんだろう。

ページをめくる手を休めて、樹人はふっと考える。

佐内の視点は、見る側の共感を呼ぶ位置にある。だから、『再生と救い』という壮大なテーマが、彼の中では『日々を生きる』という身近なものへスライドされているのだ。だったら、『少年』と主人公の対比にも、佐内の視点はちゃんと生かされているのではないだろうか。

あと少し。あと少しで、何かがわかりそうなのに。

もどかしい思いを抱えて、樹人はベッドに突っ伏した。

「はぁ……」

多分、ここなら大丈夫だろう。

なるべく人目を避けようと、樹人《たつと》はこっそり書斎らしき部屋に忍び込む。万が一スタッフに呼ばれてもすぐ気がつくように、少しだけドアは開けておいた。それでもシンと静まり返った室内に一歩踏み込むと、外の喧噪《けんそう》が嘘のように遠のいていく。樹人は深々とため息をつき、中央の奥にずっしりと構えられたアンティークの大机に近づいた。

いよいよ、今日で撮影も四日目となった。早朝に数テイク撮影し、残りは午後いちに再開する予定になっている。亀の歩みだが僅《わず》かに前進はしているらしく、最初の頃ほどNGは出さないでなんとかこなすことができた。だが、その分精神的疲労は強く、どこかでゆっくりと休みたかったのだ。それで、前から目をつけていたこの部屋へやってきた。

「静かだなぁ……」

机に寄りかかった樹人は、カーテン越しの柔らかな陽光に身を浸す。ロケの間中、天気にはずっと恵まれていた。瑛介《ようすけ》のいるシフノス島は、ちゃんと晴れているのだろうか。

「無垢《むく》な存在…か…」

前回の〝ジェット〟の場合、コンセプトの方から樹人へ歩み寄ってくれた。だから、自分は素のままで良かったし、表現がどうだとか小難しいことなど一切考えなかった。正直言って、ただ必死なだけで乗り切ったと言っても過言ではない。

けれど、今回のPVは違う。恐らく、ゼロから頭を切り替えないと佐内《さない》の納得のいく表情は出てこないだろう。でも、見知らぬ多くの目が見守る中、頭を空っぽにして別人になりきるなんて、そう簡単なことではない。樹人は現在、それを身をもって実感していた。

「あれ、樹人くん。こんなところにいたんだ」

「佐内さん……」

場違いなほど明るい声に、樹人はゆっくりと振り返る。入ってきた佐内は、両手にミネラルウォーターのペットボトルを二つ持っていた。

「ちょっと、邪魔してもいいかな？」

「いいですよ、どうぞ」

一人になりたいと思っていたのだが、なんだか佐内の顔を見るとホッとする。それは、彼の向こうに瑛介の存在を感じるからだろうか。遠慮がちに近づいてきた佐内は、見るからに元気のない樹人へ向かって、ペットボトルを一本差し出した。

「はい、これ。何か飲んでおいた方がいいよ。暖房が効いてて、空気が乾燥してるし」

「あ、すみません…」

おずおずと受け取る樹人を見て、佐内はもう一度にっこりと微笑《ほほえ》んだ。

「どうかな、調子は？　けっこう苦労してるみたいだけど？」

「正直言って…よくわからないんです」

「ん？」

「俺の表情がダメだってことは、わかってる。でも、どうすればいいのかわかんなくて…」

「そっか……」

　樹人の懸命な訴えに、佐内は真面目に耳を傾けていた。考えてみれば、こうして二人きりで話をするのは、初日の控室以来になる。たった四日しかたっていないのに、樹人はなんだか懐かしい気持ちになって佐内をそっと見返した。

「俺…佐内さんのこと、がっかりさせてしまったかもしれない。本当にすみません」

「いや、そんなことはないよ。ねぇ、樹人くん。演技に迷っている君を、どうして俺がずっと放っておいたんだと思う？　西崎《にしざき》の機嫌を取ったり、スタッフとバーベキューなんかやる余裕はあったくせに、君のことは放ったらかしだった。怒ってないの？」

「え……」

　そんなの、考えてみたこともなかった。佐内の意外な言葉に、樹人はどう答えていいのかわからずに困った顔をする。それなら、彼はわざと自分を放っておいたと言いたいのだろうか。

あれだけ熱心に口説きにかかり、スケジュールぎりぎりまで粘った佐内が、どうしてそんな真似をしたのか、樹人にはまるで理解できなかった。

「どうして…」

「素の樹人くんから、笑顔を引き出したかったんだ」

「………」

「俺は、君から〝ジェット〟を消し去るって宣言した。でも、それにはまず樹人くんを追い込む必要があると思ったんだ。カメラの前で俺が何かを要求すれば、君は自分の引き出しからそれを取り出そうとするだろう？　でも、引き出しには〝ジェット〟しかない。今回の樹人くんの役には、当然応用が利かないよね。そんな時に、俺があれこれアドバイスを与えたら、小細工に役立つ小物ばかりがゴロゴロ増えてしまうじゃないか。だけど、それは本物じゃない。何故なら、樹人くんの感性で得たものではないから」

「俺の…感性…」

「もちろん、やり方は相手によって様々だよ。芝居の基本ができてる人なら、小細工だって本物に見せられる。西崎のように、褒《ほ》めた分だけ伸びるタイプの奴もいるし。だけど、樹人くんの魅力は、たった一人というところだ。君は、例えば荒木《あらき》と一緒にいる瞬間でも、やっぱり一人の方が魅力的だ。だから、できるだけ追い込んでみた」

佐内の言葉はモデルとしては褒め言葉だが、藤代《ふじしろ》樹人として聞くと少しだけ哀しい。瑛介と思うように会えない今の状態では、尚更辛《つら》い賛辞だった。

けれど、恐らく彼の言っていることは当たっているのだろう。だからこそ、瑛介も樹人をモデルに選んだのだ。世の中でたった一人、『優雅な孤高』を体現できる者として。

「それなら、もしかして『少年』っていうのも…？」

思わず呟《つぶや》いた樹人の言葉に、佐内は静かに頷《うなず》いた。

「そう。たった一人。けれども、その位置が何より相応《ふさわ》しい。そういう微笑が俺は欲しい」

「………」

「だから、君を選んだんだ。〝ジェット〟のポスターの樹人くんを見て、この子が見せる微笑はどんな感じだろうって興味を惹《ひ》かれた。『3－GO』の店で実際に君が微笑むところを目《ま》の当たりにした時は、自分の見立てが正しいのがわかって嬉《うれ》しかったよ」

「えっ。俺、微笑《わら》ってましたか？」

「俺に向かって、とても綺麗《きれい》にね。まいったよ、一瞬こっちが素に戻った」

あの時、佐内が妙にどぎまぎしていたのは、そのせいだったのか。今更ながら知らされた事実に、なんだか樹人はこそばゆい思いでいっぱいになった。

「あの、でも…」

「何？」

「いいんですか？　今のって、アドバイスになっちゃうんじゃ…」

恐る恐る問いかけると、佐内の笑い皺《じわ》が倍に増える。

「いいも何も、追い込むのにも程度があるからね。撮影は明日までだし、この数日間で樹人くんはずいぶんいろいろなことを考えたと思うよ。最近、NGが減ってきたのがその証拠じゃないか。西崎も、だいぶ毒を吐かなくなったし」

「だけど、自分じゃよくわからなくて…。俺、何か変わってますか？」

「そうだね。微妙なところかな。でも、不安を抱えて進めているのは俺も同じだから」

「佐内さんが？」

思わず訊《き》き返した樹人から、佐内はふっと視線を外した。瞳はそのまま近くの書棚を彷徨《さまよ》い、ほとんど独り言めいた響きがその唇から零《こぼ》れる。

「荒木だったら、とか考える？」

「え…？」

「樹人くんが唯一知っている、一流のカメラマン。もしこのPVを撮っているのが奴だったら、彼は君をどう撮るだろうか。俺は、常にそのことが頭から離れない」

「…………」

「だから、ますますこだわりたくなるんだ。〝ジェット〟の欠片《かけら》でも、君から匂わせたら俺の負けだから。このPVを観た人間に、あの子は一体誰だろうって言わせたいんだ」

話している最中に気になる本を見つけたのか、彼はおもむろに棚へ歩み寄る。伸ばした指先が大切そうに触れたのは、カバーがボロボロになった薄い背表紙だった。すっかり印刷が色褪《あ》せたその本は、遠目からはタイトルの判読さえ難しい。佐内は小さく微笑むと、愛しそうにそれを棚から抜き取った。

「珍しい本があるな。これ、俺と荒木が師事していた先生が最初に出版した写真集だよ。安藤《あんどう》誠太《せいた》って言ってね、病気を理由に表舞台からは引退したけど、風景写真では右に出る者のいない素晴らしい腕だった。俺たちは、彼からずいぶん影響を受けたんだよ」

「少しだけ、聞いたことがあります。荒木さんも、元はファッション系じゃなかったって」

「うん。あいつには、紀里谷《きりや》っていうコネがあったからね。まぁ、そう言われるのを嫌うのはわかるけど、何せ日本のトップモデルだ。俺は、荒木が内心羨《うらや》ましかったよ」

　懐かしそうに本を撫《な》でながら、佐内は話を続けた。

「あいつと俺が、同期なのは知ってたよね？」

「…はい。この前も言ったけど、佐内はいい写真を撮るって、荒木さんが言ってました」

「いい写真…ね…」

　本から緩やかに戻ってきた視線は、微かに皮肉な色を浮かべている。突然の変化に樹人が戸惑っていると、彼は疲れたようなため息を一つ漏らした。

「安藤先生が撮っていたのは、風景といっても大自然の方で。雄大な景色に負けない迫力と、被写体への限りない愛情が手に取るように伝わってくる写真だった。しかも、その裏には怖いくらい冷静な視点もあってね。まるで、先生自身が自然の一部みたいな感じなんだ。野性の香りを残したまま、厳しさと懐の深さを兼ね備えている。まさに、俺の…理想だった」

「…………」

なんだか、と樹人は思った。

その安藤誠太と瑛介は、とても似ている気がする。本当は情が深いのに、決して情に流されない。それは、瑛介の仕事のスタイルと共通したものを感じるのだ。

「荒木は、似ているんだ」

まるで樹人の心を読んだかのように、佐内がポツリと呟いた。

「佐内さん……」

「だから、同じフィールドで勝負しても絶対勝てないって思った」

「俺は、専門を人物に変えた。安藤先生とは衝突したけど、荒木は応援してくれたよ。俺の柔らかなタッチは、人の素直な表情を引き出す力があるって言ってくれてさ。嬉しかった。それなのに…あいつは数年後あっさり宗旨変えして、また俺と同じ場所にきやがった」

「それが、『3－GO』のメンズ…」

「ああ。俺は今の地位を築くまでかなり苦労したのに、荒木は紀里谷晃吏《こうじ》の口ききでいきなり大口の仕事に大抜擢《だいばってき》さ。もちろん、俺はあいつの実力は認めてる。実際、紀里谷の写真はとてもいい出来だった。だけど、正直言って複雑な気持ちではあったよ」

「あの、佐内さん…もしかしたら、俺を今回のPVに使ったのって…」

話の途中からずっと引っかかっていた疑問を、樹人は思い切って口にしてみる。佐内が自分の内面を包み隠さず話してくれたのは嬉しかったが、同時に瑛介への屈折したライバル心が根強く残っていることもわかってしまった。それならば、『藤代樹人』という共通のモデルを起用したのにだって、何かしら裏があるのではと思えてしまう。

そんな樹人の不安に、佐内は初対面と同じ笑顔で口を開いた。

「さぁ、どうかな」

「どうかな…って…」

「実際、〝ジェット〟の広告を見て、やられたって思ったのは本当だよ。荒木の奴、また上に行きやがったなって悔しかった。さっきも言った通り、それで樹人くんに注目したのも事実だしね。そうだね、君を使って〝ジェット〟以上の作品が撮れたら、胸がスッとするだろうな」

佐内の明るい口ぶりは、素晴らしい思い付きだと言わんばかりだ。だが、彼がどこまで本音で語っているのかは、樹人には判断できなかった。まるきり嘘かもしれないし、偽りのない本心かもしれない。それでも、一つだけ確かなことがある。樹人がわざわざ確かめるまでもなく、佐内ははっきりとそれを口にした。

「荒木の秘蔵っ子、なんてもう呼びたくないな」

「佐内さん……」

「まだまだ俺の求めている微笑には遠いけど、なんだか毎日が楽しみなんだ。あんまり樹人くんが必死だから、ワンカットだって気が抜けない。俺は、君をキャスティングして正解だったと思うよ。明日のクランクアップに君の成長が間に合うかはわからないけど、でも後悔はしていない。いずれ、俺のイメージを樹人くんはちゃんと表現してくれるだろう」

「そう…でしょうか…」

「先が楽しみなモデルだよ、樹人くんは」

そう言いながらも、佐内の笑顔にはどこかふっきれない翳《かげ》が残る。もっと自分の勘が鋭くて、打てば響くような感性を持っていたら、明日のクライマックスで最高のショットを撮ってもらえたのに。樹人は自分の力不足を、つくづく悲しく思った。

今日、改めていろいろな話を佐内とできて、また少し役への理解は深まった。あとは何かのきっかけさえあれば、微笑もラストのセリフも自然と生まれてきそうな気がする。けれど、残された時間はほんの僅かだ。佐内は腕がいいから、それでも良質の映像を作り上げることはできるだろうが、それは完璧なものではない。ラストカットまでに樹人がどこまで伸びるかは、彼にとって一種の賭けだったのだ。

「…荒木の奴。俺と樹人くんが一緒の場面を見て、内心かなり不愉快だったろうな」

「え…?」

突然、思い出したように佐内が話題を変えてきた。先刻までの憂鬱《ゆううつ》な翳は上手に隠され、樹人のよく知っている、陽気で穏やかな佐内に戻っている。こういうところが彼の強さの本質だと、樹人は尊敬に近い気持ちでそう思った。

「あいつ、『3－GO』の店でめちゃめちゃ俺と対抗してただろう？　その様子を見て、ピンときたんだ。撮影が終わってからも荒木があんなに執着を見せるなんて、ただの関係じゃないなって。あれ、もろに嫉妬《しっと》してるって態度だったもんなぁ」

「え…まぁ…それは…」

「照れない、照れない。俺からオファーがきたって樹人くんに相談された時も、君の前ではかなりやせ我慢してたんだと思うよ。絶対、反対したかったに違いないさ」

「そんなことないですよ。荒木さんは〝えり好みなんて、百万年早い〟って…」

「そりゃ、荒木の立場ならそう言うしかないだろう。俺が撮るってわかった途端反対なんかしたら、妬《や》いているってモロバレじゃないか。あの男に、そんな可愛げがあるもんか」

瑛介に嫉妬された事実が、佐内にはよほど嬉しかったらしい。彼は少し得意気な表情で、まだ半分信じかねている樹人に詰め寄ってきた。

「わかってないな、樹人くん。荒木はね、本当は誰にも君を撮らせたくないんだよ」

「まさか…」

「俺だって、もし一番に君を見つけてたら、きっと荒木には撮らせない。ああ、でもその点では少しあいつに負けるかな。まだ磨かれてない樹人くんを、彼は見初めたわけだから」

少しだけ悔しそうに付け加えると、佐内は息がかかるほどの間近から樹人の目を覗《のぞ》き込んできた。瑛介の瞳は綺麗な薄茶色をしているが、佐内の瞳には陽気な光が満ちている。けれど、よく見ればそこには墨一滴分の翳が残っていた。その翳が物を創造する上で不可欠の闇なのだと、一体何人の人間が知るだろう。バラバラに思えた佐内の印象が、ようやく樹人の瞳の中でかっちりと一つの形に収まった。

「樹人くん、けっこう度胸があるね」

「え…どういう意味ですか？」

「これだけ顔を近づけてるのに、全然身体が逃げてない。普通は、もっと警戒するもんじゃない？　一応、俺は君が男と付き合ってるって知ってるんだから」

気がそがれたのか、そう言いながら身を引いたのは佐内の方だ。樹人は一瞬キョトンとした後で、大真面目に傷ついた顔をしている彼へ平然と答えた。

「俺が世の中で一番警戒してるのは、荒木さんです。だって、次に何をやり出すのか全然見当がつかないんですから。あんな人、さすがに他にはいません」

「あっ、そ…」

佐内はあからさまに面白くなさそうな声を出し、やがて毒気を抜かれたように笑った。

「そんじゃ、俺はそろそろ監督モードに戻るかな」

午後になって、樹人は急にヒマになった。佐内の計らいで、バンドの演奏風景を先に撮影することになったからだ。彼らのマネージャーは渋い顔をしたそうだが、初めに国内撮影を希望したメンバーが早く東京へ帰れると喜んだため、スケジュールの調整をしてくれることになった。

「明日まで、リラックスしてゆっくり考えてみるといいよ」

そう言ってくれる佐内の言葉は有難かったが、樹人は内心途方に暮れていた。撮影を終えたメンバーは帰れても、西崎と自分は残らなければならない。しかも、時間的な余裕もなくなった状態でだ。だが、佐内の期待に応えるためにも、ここで何かを掴《つか》みたいところだった。

撮影の喧噪から逃れた樹人は、夕暮れの砂浜を当てもなく歩いている。木立ちに囲まれた屋敷の裏庭からは、新譜の旋律が途切れ途切れに流れてきていた。オレンジに染まった物寂しい波音とあいまって、それは樹人の身体にじんわりと染み込んでくる。初めてこの曲を聴いた時の感動が、再び感覚の隅々まで蘇《よみがえ》ってきた。

あの時は、聴いた直後に荒木さんから電話が入ったんだっけ。そうして、ギリシャへ出発する前の夕食を二人で楽しむ筈《はず》だったのに。

『…やってみろよ』

『少なくとも、普通のモデルよりは手こずるさ』

『ちゃんと、考えろ』

『おまえの飢えてじりじりする顔。色っぽいだろうな』

劇的な音楽の変調に合わせて、瑛介の顔が幾つもフラッシュバックする。樹人が癇癪《かんしゃく》を起こした時、本当は彼に追ってきて欲しかった。だけど、そこでやせ我慢をする瑛介が、やっぱり一番好きなのだ。自信家で少し傲慢《ごうまん》で、いつでも遥《はる》か先を悠々と歩いていく。そんな彼が、他の人間には撮らせたくないと思うほど自分に執着していたという事実に、まだ樹人は半信半疑のままでいた。

「こないだの電話、結局何が言いたかったのかなぁ…」

できれば、今すぐにでもギリシャへ飛んで行って瑛介に尋ねてみたい。そんな衝動を、樹人は電話の後からずっと堪えていた。だが、結局はどこにも行かないで彼の帰りをおとなしく待っているんだろう。第一、仕事中の瑛介を邪魔するような真似はしたくない。

カットがかかったのだろうか、いつしか演奏は止んでいた。

「お〜い、樹人く〜ん」

まるで音楽が切れるのを待っていたかのように、どこからか自分を呼ぶ声がする。樹人はふと足を止め、波打ち際からゆっくりと声の方向へ視線を上げてみた。

「…篠山《しのやま》さん？」

「ちょっと、そこで待っててくれ〜。今、そっちへ行くから〜」

周囲の風景からは恐ろしく浮いているスーツ姿の篠山が、四苦八苦しながらこちらに走ってくる。革靴なので、砂に足を取られているのだろう。こけつまろびつな様子を見ていたら、樹人は少しだけ忘れていた笑顔が戻ってくるのを感じた。

「どうしたんですか、いきなり」

「何、言ってるんだよ。初日の夜から、ずっと携帯も繋《つな》がらないしさ。ちゃんと、定期報告入れてって頼んでおいたじゃない。佐内さんから、一応連絡は貰《もら》ってたけどね」

息をはぁはぁ言わせながら、ようやく目の前へ篠山が到着する。彼は乱暴にネクタイを緩めると、夕陽に照らされた水平線へ気持ちよさそうに向き直った。

「う〜ん。ギリシャに比べれば神秘さに欠けるけど、やっぱり日本の海もいいねぇ」

「篠山さん、行ったことあるんですか？」

「まぁね。ちょっと出張で」

答えに続いてやれやれと肩を落とした横顔は、心なしか疲労の色が濃いようだ。今回、自分の調子が悪いせいで何か言われてるのかな、と樹人は心配になったが、篠山は生来の能天気さを思い出したように、にっこりと笑顔を作ってこちらを見返した。

「佐内さんから聞いたよ。樹人くん、苦労してるんだって？」

「え……」

「じゃあ、これ。いいものだから、きっと仕事の役に立つよ」

「な、なんですか？」

「何って、出張のおみやげだよ。…ていうか、このために行かされたんだけどさ」

肩から下げていたショルダーバッグから、篠山はゴソゴソと小型のビデオカメラを取り出す。なんのことかわからずに樹人が無言で見守っていると、彼は無理やりその手にビデオカメラを押しつけてきた。

「あの、篠山さん。これは…」

「再生すれば、わかるよ。それよか、もしかして携帯壊しちゃったの?」

「あ、すいません。お風呂に落としちゃって…」

「そっか。それなら、良かった。お陰で、伝言が一つに減ったよ」

「伝言…?」

ますます意味がわからず、樹人は不可解な顔になる。手の中のビデオカメラは、もちろん自分の物ではない。おまけに『伝言』とは、また古風な単語が出てきたものだ。だが、面食らう樹人をよそに、篠山はあちこちのボタンを指し示しながら一方的に説明を始めた。

「中にテープが入ってるけど、再生の仕方わかる?　わかるよね?」

「まぁ、見れば大体は…。あの、篠山さん…このカメラがおみやげなんですか?」

「正確には、その中身がね。そうそう、荒木くんは元気そうだったよ。まぁ、十分かそこらしか会ってないんだけどさ。樹人くんのこと、とても気にかけてた」

「荒木さんに会ったんですか?　いつ?」

「昨夜だよ」

驚きのあまり、もう少しで樹人はカメラを落とすところだった。彼の言うことが本当だとすれば、篠山はわざわざ瑛介に会うためだけにギリシャへ飛んだのだろうか。

「いや、呼びつけられたんだよ。そのカメラを、樹人くんへ渡すためにね」

「渡すため…だけ…？」

「そう。だから、ものすごい強行軍。一昨日の真夜中に叩《たた》き起こされて、一番早く着くからって早朝一番の便でイタリアへ飛んで、そこからまた乗り換えて。アテネの港までは荒木くんが来てくれたけど、ロケハンの移動があって十分しか時間取れないって言うしさ。でも、やればできるもんなんだなぁ。一泊二日で地中海往復。俺、自分でも感動したよ」

半ばヤケクソな口調だったが、やり遂げたという達成感に篠山も満足したようだ。樹人はなんて言っていいのかわからず、カメラを胸に抱いたままただ黙って頭を下げた。

「いいって、樹人くん。僕の一存で、君には慣れない仕事をさせちゃったからね。だから、これで少しでも元気が出てくれれば、それがマネージャーの役目だから」

「…はい。でも、本当にありがとうございます」

「あ、それから伝言ね」

照れ臭いのか、篠山はいくぶん早口になって先を続けた。

「ええと…〝今回だけは、助けてやる。その代わり、この間の件はチャラにしろ〟だってさ。どうかな？　意味わかる？」

「わかります」

今度こそ、樹人は顔いっぱいで笑った。瑛介からメッセージが届いたのも嬉しかったが、凄《すさ》まじい強行軍でそれを叶えてくれた篠山へは、いくら感謝してもしたりない気分だった。

「あの、篠山さん」

役目を終えた篠山が、そそくさと帰ろうとする。その背中へ、樹人は慌てて声をかけた。

「もう一つの伝言って…なんだったんですか?」

「ああ、あのね」

振り返り様、悪戯《いたずら》っぽい笑顔が返ってくる。

どこまで事情を知っているのか、篠山は実に楽しげな声で言った。

「〝人が話してんのに、電話切るな。クソガキ〟だってさ」


『おい、樹人』

砂浜に腰を下ろし、再生のボタンを押すなり画面の瑛介が口を開く。相変わらず偉そうな顔で両腕を組んでいる姿を見た瞬間、懐かしさで樹人の胸は詰まりそうになった。

『そろそろ、慣れない仕事でへたばってる頃だろう。泣きそうな顔でこのビデオを観てるおまえが、目に浮かぶよ。…ったく、情けない奴だな』

「…うるさいよ」

『だけど、俺にはおまえをモデルにした責任がある。だから、中途半端な仕事なんかされたら困るわけだ。そういうわけで、今回は特別におまえを激励してやる。まぁ…俺も出発前に、不本意ながらおまえを混乱させせちまったしな』

「………」

『何も言わないで日本を出てきて、悪かったな』

そのセリフを聞いて、樹人は知らず微笑んだ。いちいち口調は威張りくさっているが、顔を見れば瑛介がとても気まずく思っているのがわかるからだ。前に「他人に謝ったりするの、下手なんだ」と言っていたのを思い出し、ますます笑みは深くなった。

『それと、最初に大事なことを言っておく』

「え……？」

『――樹人。おまえは、たとえ俺が撮らなくても、一人でも充分に魅力的なモデルだ。佐内に限らず、誰かがおまえを撮りたがる理由なんざそれだけだ。おまえは、自分の力だけでちゃんと他人を魅了できる。俺が保証する。だから、自分の魅力を誇りに思え』

「荒木さん……」

録画されているなんて、樹人には思えなかった。今、目の前で瑛介が話している。何より欲しかった言葉を口にする彼は、触れられないのが不思議なくらいだ。液晶の画面に閉じ込められていても、彼の圧倒的な存在感は樹人の心を強烈に震わせた。

『もし、おまえが何か迷っているなら』

瑛介は言葉を慎重に選びながら、真っ直ぐにこちらへ向かって語りかけた。

『一つだけヒントをやる。佐内に関しては、樹人に見せない部分がもっとも肝心だ』

「俺に…見せない部分…？」

『あいつは、俺とは対照的に人を和ませる写真を撮る。それは、佐内が他人に対して夢を持っているからだ。まぁ、それくらい樹人も気づいているだろう。もし、この時点でまだそんなこともわからないでいるようなら、救いようのない鈍さというしかない』

「あのなぁ…」

『いいか、佐内は優しい奴だ。だが、骨の髄までカメラマンなんだ。良い写真を撮るために、ロマンチストを返上する時もある。例えば、モデルの達成感を何倍にも膨らませるためにわざと冷たくしたり、ダメ出しを何度も出したりするなんざ朝飯前だ。それに踊らされるな』

瑛介の言葉の一つ一つに思い当たるフシがあり、樹人は深く納得をする。どんなにNGを出しても佐内が優しかったのは、樹人を必要以上に追い詰めないためだったのだ。それではせっかくのダメ出しもわざと高くしたハードルも、逆効果になってしまう。

本当に、お互いのことをよくわかっているんだな。

佐内もまた、何かにつけて瑛介の話題を出してきた。その熟知した口ぶりは、自分だけがあいつの本質を知っているんだという自信からくるものだ。二人はまるきり正反対でありながら、実際は同じ核の周りを等間隔で回っている星のようだった。

「…そうか」

その瞬間、ふっと樹人の視界が鮮やかさを増す。

一度に何もかもがクリアになり、樹人は見えない何かを確かに手の中に摑んだ。

こんなにも身近に、求めていた答えがあった。佐内がどんなカメラマンかを考えれば、とっくにわかっていてもいい筈だったのだ。

そういうことだったんだ――。

『それから』

画面から、瑛介の声が続いている。我に返った樹人は、慌てて手元に視線を戻した。

『確か佐内の奴、樹人から笑顔を引き出すとかほざいてたな』

「ほざくって…」

『いいから、気が済むまで勝手にやらせとけ。佐内がどんなに新しい樹人を引き出そうと、すぐに、俺が次の〝ジェット〟で壊してやる』

「………」

『どんな人間がおまえを撮っても、俺は必ずそいつらの上をいく。だから、樹人は安心して仕事に専念しろ。恐れずに、どんなカメラの前にも立て』

「荒木さん……」

それは、離れている間に瑛介が自分で出した、最上の答えだった。恐らく、佐内が言った通り、彼は樹人を誰にも撮らせたくなかったのだろう。そのワガママを世間で通用させるには、自分がトップになるしかない。樹人を撮り続けるためだけに、瑛介は上を目指すと言っているのだ。常に自分の写真のことで頭がいっぱいで、ずっと己の内側とだけ闘ってきた彼は、樹人という最良のパートナーを得たことでその眼差しを天に向けたのだった。

『――樹人』

感動に胸を熱くさせている樹人へ、不意に真面目くさった声で瑛介が呼びかける。普段、自分が被写体になることなどほとんどない彼は、画面に向かって話す行為が相当苦痛のようだ。それでも、仏頂面だった表情に緩やかな変化が表れていた。

「荒木さん……」

樹人は、思わず食い入るように画面を見つめる。八×六センチの世界から、瑛介がためらいがちに唇を動かす様子がスローモーションのように瞳へ焼きついた。

『おまえに、会いたい』

ゆっくりと、思いの丈を込めて瑛介はそう言った。

『おまえを抱きしめて、キスがしたい』

「………」

『俺の名前を呼ぶ声が、聞きたい』

正面から語られる言葉には、もう些《いささ》かのためらいも感じない。眼差しは真っ直ぐに、彼の想う樹人へ向けられている。他には何一つ、瑛介の瞳に映ってはいなかった。

『今のおまえの顔を、撮りたいよ。俺を求めてる、おまえを撮ってみたい』

カメラを摑む指がいつしか熱くなり、樹人は震える唇でそれに答えた。

「…俺もだよ。俺も、荒木さんに撮られたい」

『愛してるからな、樹人』

「俺も…愛してるよ…」

『誰よりも、おまえを愛してるよ』

「荒木さん……」

目の端に、涙が滲《にじ》んだ。樹人はそれを零さないように努力しながら、再生の終わった画面を日が落ちて見えなくなるまでいつまでも見つめていた。


『ウォータープランツ』の新曲『溶け合う心』のイントロが始まり、西崎が弾かれたように走り出す。波打ち際まで飛び出して転んだところで、佐内が「カット」の声を出した。

最終日の五日目。今日のクライマックスシーンで、全ての撮影が完了となる。スタッフも気合いを入れ直したのか、初日に劣らない緊張感が朝からピンと現場に張り詰めていた。

樹人は短いカットを数点撮り終え、今は西崎のシーンを遠目から見守っている。だが、今日は気軽に話しかけてくる者が一人もいなかった。先日、佐内に頼まれて料理を持ってきてくれたヘアメイクの彼女でさえ、神妙な顔つきで樹人を遠巻きにしている。初め、現場入りした佐内はいつもと違うスタッフの様子に首をかしげていたが、彼もまた樹人と顔を合わせるなりすぐにその理由を理解したようだった。

近寄りがたい、というわけではない。

樹人はあくまで普通の顔で、とりわけピリピリしている風もない。

ただ、一人なのだ。樹人は圧倒的に孤独で、それが凜《りん》と美しい空気を生んでいた。

誰も近寄れないのではなく、皆が一人でいる樹人を見たがった。そこにいるだけで胸が痛んでくるほどの、綺麗な孤独に包まれた『少年』がそこにいた。

「じゃ、十分休憩の後でラストシーンのリハにいきまーす」

佐内のアシスタントが連絡をして回り、皆が一様に「いよいよ」という顔をする。撮影は引き続き海で行われることになっているので、砂浜に出されたテーブルに飲み物と暖を取るための火が用意されていた。

「ま、この調子なら間に合うんじゃねぇの」

スタッフが遠巻きにしている中、恐れを知らない西崎だけが、相変わらずの調子で樹人に声をかけてくる。とはいえ、彼が直接話しかけてきたのは実に初日以来のことだった。

「明日から、俺たちは都内の大きなライブハウスを数ヵ所回って、シークレットライブを行うんだ。だから、何がなんでも今日中にアップしないとまずいんだよな」

そんな話をしながら、どうした風の吹き回しだろうと訝《いぶか》しんでいる樹人へ、彼はお決まりの缶コーヒーを差し出してくる。驚いて思わず顔を見返すと、あからさまにムッとされた。

「なんだよ。俺のCMしたコーヒーじゃ、不満だって言うのか」

ふて腐れた小学生のように唇を尖《とが》らせて、西崎は更に嚙《か》みついてくる。

「朝のテイク見て、ちっとはマシになってるから褒めてやろうと思ったのに」

「あ…ありがとうございます」

コーヒーを受け取った樹人は、慌てて頭を下げた。それを見た西崎はいくぶんホッとしたように表情を和らげると、今度は打って変わった淡々とした口調で言った。

「…なんかさ、おまえって変わってるよな」

「え…？」

「こんな土壇場になって、やっと実力出したって感じじゃん。みろよ、他の奴ら。あんまり昨日までと雰囲気が違うんで、気後れして声がかけらんないんだぜ。あいつら小者だな」

「そうだったんだ…」

朝から誰も話しかけてこないので、さすがに変だな…と樹人も思ってはいたのだ。スタッフだけならまだしも、挨拶《あいさつ》をした佐内まで調子の狂ったような顔をしていた。西崎の言葉でようやくそれらに得心がいった樹人は、昨日何度もくり返し再生した瑛介の言葉を思い出した。

『どんな人間がおまえを撮っても、俺は必ずそいつらの上をいく』

瑛介の決意を聞かされた時、それなら自分も一緒に昇っていこう、と樹人は思った。置いていかれたくなかったら、瑛介に負けないスピードで成長することは不可欠だ。いつまでも同じ場所で、グズグズなんてしていられなかった。そう決心した矢先、今まで樹人を見下していた西崎が素直に変化を認めてくれたのは、何よりも嬉しいことだった。

「きっと、いい出来になるぜ。今度のＰＶ」

胸がわくわくする、と西崎は言い、初めて樹人へ笑ってみせた。

「あんたが、なんでいきなり変わったのかはわかんないけどさ、そのままラストに行ってくれれば、佐内さんの代表作になるかもしれないな。なんせ、曲には文句のつけようがないし」

「そうですね。俺、好きですよ。西崎さんたちの新曲」

「俺は、〝ジェット〟のあんたが好きだった」

「…………」

思いもかけない言葉を聞いて、樹人は一瞬自分の耳を疑う。てっきり嫌われているとばかり思っていたのに、西崎は前から樹人のことを知っていたような口ぶりだ。自分の発言の重要さなどまるきり無頓着に、彼は一人でさらさらと先を続けた。

「本当だよ。だから、佐内さんに反対したんだ。俺は、ヘラヘラとやわに笑う藤代樹人なんか見たくなかった。鋭い目つきで誰も近寄らせないような、そんな奴でいてほしかったんだ」

「でも、あれは…」

「いいんだ。一緒に仕事しているうちに、幻想は見事に打ち砕かれたよ。あんたはファンの戯《ざ》れ言なんか無視して、いい仕事してくれればそれでいい。ラストでどんなセリフを言うつもりか知らないけど、期待してるよ。今のあんたの雰囲気なら、何を言ってもサマになるだろう」

「…はい」

樹人が真剣な面持ちで頷くと、不意に西崎が真冬の空を仰ぎ見た。彼は天に向かって腕を伸ばすと、長い旅から戻ってきたような小さく澄んだため息をつく。懐かしくて、淋しくて、どこか安らかな響きを持った言葉が、そっと唇から零れ出た。

「また、ゼロから始まるな」

それは完全な独り言だったので、樹人は何も答えられなかった。黙って歩き出した彼を見送りながら、西崎が残したセリフをゆっくりと胸で反芻《はんすう》する。自然と笑みが広がっていき、この調子でいけば、いつラストシーンに突入しても大丈夫な気がした。

「樹人くん、そろそろいいかな?」

コーヒーを飲み終えた頃、今度は佐内が声をかけてきた。最終日なので盛装のつもりなのか、久しぶりにトレードマークの革のジャケットと最新のスタイルで決めている。もうすぐこの姿も見納めかと思うと、なんとなく淋しく感じられた。

「佐内さん、次でいよいよラストですよね」

「それなんだけど…。ちょっと訊いてもいいかな?」

「はい」

「樹人くん、今日はずいぶんふっきれた顔をしているけど、なんかあったの?」

「え……」

尋ねる佐内の顔は、少しの好奇心と純粋な喜びに縁取られている。他のスタッフ同様、今日の樹人に慣れるまで少し時間はかかったようだが、自分の求めていたイメージをほぼ完璧に再現している姿には一種の感動すら覚えているようだ。

「なんだか、昨日までの君と明らかに違っているんだよね。今まで演じようと必死になっていたのに、今日の樹人くんは自分自身が『少年』なんだって顔をしてる。その自信を、一体どこから得たんだろう。少なくとも、昨日俺と話している時はいつもの君だったのに」

「そうですか? さっき、西崎さんからも変わったって言われたんですけど…自分では、よくわからないんです。だけど、一つだけ見えてきたものがあって」

「見えてきたもの…?」

不可解な顔で問いかける佐内へ、樹人は静かに微笑みかける。

「はい。主人公と『少年』の関係って、過去とか現在なんて単語を使うと急に小難しくなるでしょう？　俺も、それで必要以上に惑わされてしまってたけど、佐内さんと荒木さんのことを考えていたら、ちょうど今回のＰＶにぴったりとあてはまる気がしたんですよ」

「俺と…荒木が…？」

　意外なセリフを聞かされ、佐内も驚きを隠せないようだ。樹人の顔をまじまじと見つめ、言葉の真意を探ろうとしている。樹人は軽く頷くと、話の先を続けた。

「佐内さんと荒木さんって、本質は同じなのに向いている方向が全然違いますよね。お互いに無視することはできないけど、素直に向き合う気持ちにもなれない。でも、そんな葛藤《かっとう》の中心にあるのは、相手への尊敬と嫉妬なんじゃないかなって…。今回の主人公と『少年』も、そういう視点から見るとすごくわかるんです。なんだか、俺が言うと生意気なんですけど…」

「尊敬と嫉妬……」

「…そうです」

　一生懸命に説明したつもりでも、言葉にした途端、想いとはずれた表現になってしまう。それがとても歯がゆくて、樹人はそれ以上話す気になれなくなってしまった。けれど、佐内には充分言いたいことは伝わったようだ。彼はしばらく黙り込んだ後、面映そうな笑みを浮かべて樹人のセリフを引き継いだ。

「それなら、一方的に嫉妬を覚えている俺が主人公だな」

「佐内さん…？」

「樹人くんだって、わかってるだろう？　荒木は、天才肌な男だ。あいつの頭には、常にカメラと自分のことしかない。俺は、ずっとそんなあいつが羨ましかったし、一方的に意識している状態が悔しかった。だけど、今回樹人くんを起用することになって、初めて荒木は俺を眼中に入れたんだ。俺が撮ると聞いて荒木が冷静さを欠くなんて、何にも勝る喜びだったよ」

「………」

「だけど、樹人くんと仕事をしているうちに、俺はどんどん欲が出てきた。もっともっと君の魅力を引き出して、純粋にいいＰＶを作りたくなったんだ。夢中で没頭していたら、いつの間にか妙なこだわりは薄くなっていったよ。それどころか、カメラを通して樹人くんを見るたびに、荒木の審美眼に感心させられた。あいつは、磨かれる前の樹人くんを見つけたんだよな。素直に、すげぇって思ったよ。…そうなんだ。相手を越えようと思ったら、まず受け入れるところから始めないとダメなんだよな」

一息にそう言うと、佐内は照れ臭そうに樹人を見つめ返した。

「俺は、君と仕事ができて良かったと思ってる。特に、今日のような大逆転をかまされると、カメラマン冥利《みょうり》に尽きるね。不思議な子だよ、樹人くんは」

「佐内さん……」

「そろそろ本番だ。ラストのセリフは、もう決めたかな？」

「――はい。迷ってたけど、ついさっき決まりました」

「よし。泣いても笑ってもラストカットだ。最後まで、よろしく頼むな」

微笑む佐内の目許に、優しい笑い皺が生まれる。

樹人は深々と頷き、彼と一緒に仕事ができたことを心の底から誇りに思った。


日の傾きかけた海を背景に、数度のリハーサルの後でラストシーンの撮影が始まった。

樹人はむきだしの大岩の上に裸足で立ち、砂浜を彷徨う主人公を見下ろしている。西崎が波打ち際で足を取られ、派手な水飛沫《しぶき》を上げて水辺に身体を投げ出した。

愛しいな…と樹人は思う。あれが、未来の自分だと言うのなら、この身を投げ出してでも守ってやりたかった。どんな荒れた姿になろうと、自分だけは決して彼を見捨てない。たとえ永遠に背中を向けられようと、そんなことなんとも思わない。

だから、樹人は微笑んだ。いつでも帰っておいで、と心でささやきかけた。一番近くから、君をずっと見守っている。僕が君を抱きしめて、全て浄化してあげるから。

ずぶ濡《ぬ》れになった西崎が、よろよろと力なく立ち上がった。生気の失せた顔をゆっくりと動かして、とうとう樹人のところで視線を留める。初めて二人の視線が交差し、西崎は恐れを振り払ってその腕を静かに樹人へ伸ばした。

ずっと逃げ続けてきたけれど、本当は『少年』に嫉妬していた。傷つくことにも真摯《しんし》でいられた、あの頃の自分には帰れなかったから。無垢な過去と向き合うには、今の自分はあまりにも相応しくない。そんな思いを代弁するように、『溶け合う心』が波音を縫って響き渡る。切ない歌声が訴えるのは、過去の自分に許しを求める、全てを失った男の物語だった。

尊敬と嫉妬。帰還と逃走。

二人の交わす眼差しが、たくさんの矛盾を孕《はら》んで温度を上げる。

不意に、樹人がゆるりと微笑を変えた。意思のはっきりした、力強い瞳の光。主人公を勇気づけるように、過去は消えたりしないから、とくり返す。君さえ受け入れてくれるなら、まだ僕には救える力がある。だから、二人で一つになろう。そうすれば、きっとまた新しく始められる。触れた指先から溶け合って、ゼロから一緒に踏み出そう。

西崎が微かに頷き、両手をすがるように樹人へ差し出してくる。

スタッフが、一様に固唾《かたず》を飲んだ。

自分は、『少年』のままでいたかった。変わりたくなんかなかったと、西崎の歌声は何度も訴え続けている。その願いの空しさに気づいた時、ようやく過去から解放されたんだと。だから、もう逃げなくてもいい。過去からも現在からも――未来からも。

そうだね。

ありったけの愛情を込めて、樹人は彼を迎え入れる。

僕も、この瞬間を長いこと待っていたんだよ。

二人の指先が、ようやく触れ合った。その場所から、互いの心が混じり合い溶け合って、やがて一つに融合していく。たちまち樹人は満ち足りた吐息を漏らし、絶対的に一人だった『少年』は静かに消えていこうとしていた。

樹人の唇が、微笑の形のままゆっくりと開く。

「――おかえり」

その言葉を耳にした瞬間、西崎が深いため息をついて天を仰いだ。

どこまでも透明で、限りなく静謐《せいひつ》な時間が訪れる。

凪《な》いだ海が、再生を暗示する波音で二人を包み込んだ。

「カット」

佐内が、凛と声を張り上げて最後のＯＫを出す。

だが、曲が最後のワンコーラスを終えるまで、一人としてその場から動かなかった。

「樹人くん、お疲れさまでした」

乾杯の後でいきなり声をかけられた樹人は、驚いて思わず顔を上げる。いつの間に来ていたのか、篠山が上機嫌な様子でニコニコと立っていた。

「篠山さん、来てたんですか？」

「そりゃ、もちろん。俺がマネージメントした、樹人くんの最初の仕事だからね。とにかく、無事に終わって良かったよ。それに、ラストカットの表情、すっごく感動したし」

篠山は興奮気味にそう語ると、片手に持っていたシャンパングラスを景気よくいっきに飲み干す。砂浜から撤収した一同は屋敷で簡単な打ち上げを行っているのだが、皆がPVの成功を確信しているのか、明るく和やかな雰囲気が会場を満たしていた。西崎はライブの打ち合わせとかで残念ながら先に東京へ戻ってしまったが、監督の佐内は早くも編集の件でスタッフと意見を言い合っている。樹人は元気な彼らをボンヤリと眺めながら、まだ身体に残る『少年』の残像と、静かに別れを惜しんでいたのだった。

「だけど、本当によく頑張ったね。佐内さんも、感心してたよ。正直言って、樹人くんがここまでやってくれるとは思わなかったって」

「…篠山さんのお陰です。強行軍の出張をこなして、わざわざビデオを届けてくれたから…。あれを観たら、いろいろと自分のことが見えてきたんです。それまで、どうしても自分に自信が持てなくて気後れしていた部分があったんだけど、なんか元気が出てきたというか」

「おい、それなら俺のお陰だろう?」

突然割り込んできた声に続き、ちょんと後頭部をこづかれる。何事かと振り返った樹人は、そのまま開いた口が塞《ふさ》がらなくなってしまった。

「な…なんで、ここにいるの?」

「…ったく、色気のない奴だな。久しぶりの再会なのに、第一声がそれか?」

「だって…でも…」

からかうような口をきかれても、樹人はまだ半分呆然《ぼうぜん》としている。目の前にいたのは、両腕を組んでいつもの癖のある笑みを浮かべた瑛介だったのだ。彼が幻ではない証拠に、篠山がそそくさと二人の間に入り込むと、意気揚々と話しかけた。

「荒木くん、樹人くんを褒めてやってよ。一人でも立派に、仕事をやりこなしたんだから。ラストカット見てたでしょう? 綺麗だったよねぇ、樹人くん」

「篠山…おまえ、もう酔っぱらってんじゃないのか?」

半ば呆れ気味に瑛介が答えると、篠山は浮かれた調子で踵《きびす》を返し、シャンパンのお代わりを貰いに行ってしまった。やれやれ…とその姿を見送り、瑛介は再び樹人へ視線を戻す。けれど、樹人の方ではまだ現状がきちんと把握できてはいなかった。

「荒木さん…ギリシャは…」

「ああ、晃吏が急に体調を壊したんだ。医師の診断じゃ二〜三日の休養が必要らしいんで、俺だけ一時帰国した。ちょうど篠山に連絡を入れたら、撮影の最終日だって言ってたから」

「紀里谷さんは、大丈夫なの?」

「ただの仮病だから、平気だろ。トップモデルは優雅なもんだ。二日休んだら百万単位で予算が吹っ飛ぶっていうのに、疲れたからとかぬかしやがった。おまけに、女医をたらしこんでスポンサーには病気で通しちまうし。本当なら、こいつはゲイで男の恋人がいるんだって女医にバラしてやるとこだが、まぁ今回はちょっと利用させてもらったからな」

「そうなんだ……」

話を聞いているうちに、樹人にも少しずつ実感が湧《わ》いてくる。あれだけ会いたかった相手がごく当たり前の顔をして側にいるなんて、なんだかずいぶん贅沢《ぜいたく》な気がした。

「おかえり…荒木さん…」

逸《はや》る気持ちを抑えながら樹人が距離を詰めようとした時、唐突にシャンパングラスが瑛介の鼻先に差し出される。続けて、明るい声が割って入ってきた。

「感激のご対面の邪魔して悪いけど、一応ここは打ち上げ会場だから」

「佐内……」

「なぁ、荒木。乾杯くらい付き合ってくれても、バチは当たらないよな？」

ニッコリと微笑んで無理やりグラスを持たせると、佐内はちらりと樹人のグラスにも視線を送る。皆がシャンパンを手にしているのを確認した彼は、陽気にグラスを掲げて言った。

「それでは、樹人くんの〝ジェット〟卒業を記念して」

「おい、おまえなぁ…」

「――乾杯」

悪びれた風もなく、佐内は笑顔で二人にグラスをぶつけてくる。乾杯よりも瑛介と話がしたかった樹人だが、仕方がないので残っていたシャンパンをゆっくりと飲み干していった。真珠色の液体が、舌を刺しながら喉《のど》へ流れ込んでいく。しばしその感触を楽しんでいたら、ふっと強い視線に気がついた。

「な…なんですか…」

佐内と瑛介がそれぞれ動きを止めて、こちらをジッと見つめている。尋常ならざる真剣な眼差しに樹人が困惑していると、佐内が嬉々《きき》としながら口を開いた。

「残念。今の樹人くん、撮りたかったなぁ。できれば自然光の下で、もっと爽《さわ》やかに…」

「バカ言え。あの表情なら、蛍光灯で挑発的に撮った方が映えるだろ」

即座に瑛介が反対意見を出し、ムッとした彼らは互いを軽く睨《にら》みつける。だが、先に態度を軟化させたのは、佐内の方だった。彼はひょいと肩をすくめると、「本当に、俺たちって正反対だよなぁ」と同意を求めるように樹人を見る。樹人が返事に詰まっていると、意外なことに瑛介が真面目な様子で口を開いてきた。

「まぁ…今度のPVに関しては、俺もいい出来になると思ってる。樹人のテンションがあそこまで高まったのは、佐内がぎりぎりまで粘ったからだ。途中で少しでも妥協してたら、こいつからあの微笑は引き出せなかっただろう。それは、認めてやるよ」

「…偉そうに褒めるなよ」

そう言いつつも、佐内は満更でもなさそうだ。改めて樹人を見つめ直した彼は、しみじみとした口調で「相手が、樹人くんだったからね」と呟いた。

「カメラから外れると、本当に普通な感じがするんだけど。でも、さすがに素人とは違ってたね。何しろ、こっちが要求したものの、もっと上までいっちゃうんだから。今日のラストカットなんて、その典型だよ。油断して気を抜いていると、思いもかけない大事なショットを撮り逃す。そんな緊張感が、たまんなかったね。加速のついた樹人くんは、毎秒目が離せないな」

「そんな……」

思いがけない賛辞を受けて、樹人はたどたどしく首を振る。もちろん、自分なりに精一杯頑張ったという自負はあるが、こんなに評価されるなんて夢にも思っていなかったのだ。

だが、瑛介は何を今更…とでも言うように、フンと佐内を鼻で笑い飛ばす。彼は空のグラス越しに樹人を見つめると、しごく満足そうな声音で言い切った。

「だから言っただろう、手こずるって。こいつを、あんまり甘く見るなよ。俺でさえ、うっかりしていると食われそうになるんだ」

「荒木……」

瑛介の一言で、サッと佐内の表情が引き締まる。彼は何事か考え込んだ後、瑛介と樹人を交互に見ながらおもむろに尋ねてきた。

「もしかして、樹人くんが変わったきっかけって、荒木なんだろう？」

「え……」

「違うかな？　でも、ちょうど帰国もしていたようだし…」

「俺、荒木さんが帰国してるなんて今まで知りませんでした。篠山さんが出張のおみやげをくれたんで、確かにそれで元気は出ましたけど…でも、もしもきっかけが荒木さんだとしても、俺は佐内さんのカメラでしかあんな風には微笑えなかったと思う」

「樹人くん……」

きっぱりと断言する樹人に、佐内ばかりか瑛介までが目を見張っている。けれど、口にしたことは紛れもない真実だったので、樹人の言葉には少しの迷いもなかった。

「本当です。さっき荒木さんが言ったみたいに、佐内さんがずっと諦《あきら》めないで粘ってくれたから、俺も最後まで投げやりにならないで頑張れたんです。だから、すごく佐内さんには感謝してます。初めから、モデルとしての俺をまるごと肯定してくれたでしょう。最初は戸惑ったけど、嬉しかったです。本当に、ありがとうございました」

「…畜生」

ポツリ、と佐内が場違いな呟きを漏らし、頭を下げかけた樹人はギクリとする。次の瞬間、つくづく惜しいとでも言うように、佐内が熱心な口調で話し始めた。

「畜生、やっぱり可愛いなぁ。次の企画も、いっそ樹人くんでいこうかな」

「生憎《あいにく》と、次は〝ジェット〟なんだ。諦めろ」

「なんだよ、荒木。俺がせっかく卒業させたのに、また引き戻すことはないだろ。それじゃ、樹人くんだって面白味がないじゃないか」

「…佐内」

「え？」

「――俺と樹人が、いつまでも同じ場所に立ってると思うか？」

「………」

不敵な自信に満ちた一言が、佐内を瞬時に黙らせる。彼は脱力したようにため息をつくと、とりあえずこの場はおとなしく引き下がることに決めたようだった。

タイミング良く、スタッフが彼を呼んでいる。去りかけた佐内は素早く樹人の耳元へ唇を寄せると、甘くひっそりとささやいた。

「覚えておいて。近いうちに、きっとまた君を撮りに行くよ」

そのまま頬《ほお》へ軽いキスを贈り、にっこりと憎めない笑顔を向ける。そうして、佐内は悠々とした足取りで仲間たちの元へ歩いていった。

「…あの野郎、俺の前でいい度胸だな」

瑛介のムッとした呟きに、樹人が苦笑混じりに彼を見る。妬かれるというのも、たまに経験する分にはいいものだ。同時にビデオの告白を思い出し、知らず口許が緩んでしまった。

やっと二人きりになったとはいえ、室内には人がたくさんいる。久しぶりに会えたのにな、と樹人が少し残念に思っていたら、不意に右手を掴まれた。

「荒木さん…?」

恐る恐る横顔を見つめると、瑛介は澄ました顔をしている。不埒《ふらち》な指だけが、まるで別の意思を持った生き物のように、樹人の指になまめかしく絡みついてきた。

「…言っておくけど」

「え…?」

「ビデオテープ、後で返せよ」

ぶっきらぼうな声音とは裏腹に、手のひらの体温はひどく優しい。誰かに見咎《みとが》められやしないかとドキドキしながら、樹人はそっと摑まれた右手を腰の後ろへ隠した。

「嫌だよ、あれは俺の宝物なんだから」

「——返せ」

「嫌だってば」

「…聞き分けがないな」

これみよがしなため息をつき、瑛介は笑いながらもう一度口を開いた。

「おまえの右手と交換だ。返さないと、このままずっと預かってるぞ」

「荒木さん……」

「それから、もう一つ言っておく」

ほとんど耳たぶに触れんばかりに、瑛介の唇が近づいてくる。

彼は殊更甘い声音で、一語一語をゆっくりと発音した。

「樹人の飢えた顔、いつ見せてくれるんだ？」


せめて、未成年じゃなかったらな。

口づけの合間を縫って、瑛介がため息混じりにそんな呟きを漏らす。絡めては離れていく舌に先刻からずっと弄《もてあそ》ばれていた樹人は、うっすらと瞳を開いて彼を眩《まぶ》しそうに見返した。

「今、なんか…言った…？」

「早く大人になれって、そう言ったんだ」

「また、そんな無茶…」

セリフを最後まで言うヒマもなく、再び唇を塞がれる。くり返される口づけは、回数を重ねるたびに吐息を熱く燃え上がらせ、その熱は今や樹人の全身にまで及ぼうとしていた。

「おまえが大人になれば、後ろめたさからもちょっとは解放される」

「荒木さん、後ろめたいんだ…？」

「当たり前だ。世間に出回ってる樹人の顔、見てみろ。人間の綺麗な部分だけ、上手にすくって集めましたって、そう言わんばかりの表情をしてるじゃないか」

瑛介は面白くなさそうに、ベッドの上から床に散らばったCDやパンフレットの束に視線を落とす。何かと慌ただしかった年が明けて、今月下旬にはいよいよ『溶け合う心』のCDが発売になるのだ。すでにラジオではヘビーローテーションが組まれているし、予約もミリオンに達している。TVスポットでは佐内が撮り下ろしたPVが派手に流れ、西崎と絡むあの少年は何者だと『ウォータープランツ』のファンたちが騒いでいるらしい。

「俺、今回のことで学習した。〝ジェット〟のターゲットと西崎さんたちのファンって、ほとんどかぶってないんだよ。そうでなきゃ、俺のことで今更騒がれるわけないし」

佐内が「藤代樹人から〝ジェット〟を消し去る」と断言し、実際その通りになっただけなのに、まだ樹人はそんなことを言っている。カメラの前から外れれば、あっさりと普通の高校生に戻ってしまうところは相変わらずだ。だから、世間を賑《にぎ》わせているPVの評判に関しても、どこか冷静で違う世界を見ているような気持ちだった。

今日は、久々に瑛介がオフの日だ。幸い週末にかかっていたので、昨晩から樹人は彼のマンションに泊まりがけで遊びにきていた。あらかじめ約束していた通り、お互いに携帯は電源を切って、それぞれ視界に入らない場所へ置いてある。そうして、束の間の恋人気分を心ゆくまで満喫するため、ほとんどの時間をベッドで過ごしていた。

「そういえば、西崎さんがダブルミリオン達成したらお祝いのパーティやるって言ってたよ。そうしたら呼んでくれるって言ってるから、荒木さん一緒に出ようよ」

「生憎と、その頃には〝ジェット〟第二弾の撮影だ。樹人も、いつまでも浮かれてなんかいられないからな。ビシビシいくから、覚悟しとけ」

「ビシビシ…ね…」

そんな風にうそぶいている割りに、瑛介の指先はまだ甘さを引きずったままだ。飽きるほど樹人の肌を堪能したくせに、その動きはまだ足りないと言っている。樹人は家から持参した大きめのネルのパジャマを着ていたのだが、胸元からスルリと遠慮なく指先が潜り込んできたため、くすぐったさに軽く眉《まゆ》をひそめた。

「荒木さん…〝ジェット〟の話は？」

「してるだろう、今」

「…してないよ」

「樹人の熱を、確かめてるんだ。今度は、火のようなおまえで行こうと思って」

瑛介は気だるげにささやきながら、軽々と樹人を組み敷いてしまう。ダブルベッドのマットレスが弾みで僅かに沈んだが、その柔らかな感触もすっかり身体に馴染《なじ》んだような気に樹人はなった。

「…あ……」

ボタンが器用に外されていき、困った樹人は反射的に身をよじる。何度同じような場面に遭遇しても、やっぱり戸惑いは完全には拭《ぬぐ》い去れなかった。それを充分に承知しているのか、瑛介の唇が耳たぶを甘嚙みし、尖らせた舌先は耳の付け根から首筋のラインを辿《たど》っていく。そのこそばゆさに微妙な快感が入り混じって、思わず樹人は声を漏らした。

「…ん……」

「樹人…声、もっと聞かせろよ」

「や…だ……」

「…仕方ないな」

反射的に首を振ると、背中からギュッと強く抱きしめられる。瑛介の温もりがじんわりと全身へ広がり、いつしか樹人は抗う力を失っていった。強張る身体を体温で溶かされ、うなじに何ヵ所も丁寧な口づけが贈られる。そうして、はだけた胸元に再び瑛介の指先が触れた時は、もう小さなためらいなどすっかり消え去ってしまっていた。

「なんか、おかしな気分だな…」

樹人を自分の方へ向き直らせ、改めて腕の中に収めてから瑛介が言う。

「おまえを抱きたくてじりじりしてる反面、いつまでもこうしていたいとも思う。きっと、樹人の体温のせいだな。おまえの身体は、穏やかでしんみりと温かいから」

「それ、褒めてんの…?」

「少なくとも、けなしちゃいない」

そう言って額をコツンとぶつけると、瑛介は機嫌のいい笑い声を立てた。そんな子どもじみた仕種も、彼がベッドの中で見せるとなんだかひどく艶《なま》めいて映る。樹人は昨夜から幾度となく煽《あお》られた感覚が目覚めるのを感じて、もぞもぞと居心地悪そうに身じろぎをした。

「どうした…？」

「な、なんでもない」

慌てて取り繕おうとしたけれど、微妙な身体の変化に瑛介はすぐに気づいた筈だ。そろそろと左手がパジャマのシャツにかかり、むきだしにされた右肩へ瑛介が深く口づけてきた。

「ん……っ…」

樹人は固く目を閉じて、肌から侵入する熱をやり過ごそうとする。だが、続けて二度、三度と貪《むさぼ》るように愛撫《あいぶ》されると、さすがに漏れる吐息が甘さを増してきた。肌の上で散る微かな音は、瑛介に自分が愛されている音色だ。そのなまめかしさに耳を傾ける余裕も、この数時間でようやく身につけたものだった。

「樹人……」

背中まで降りていた口づけをふっと休んで、瑛介が柔らかな声を出す。

「少し顔を上げて、目を開けてみろ」

「う…ん……？」

「…そう。ゆっくりと瞼《まぶた》を開いて、何が見えたか教えてくれ」

何を求められているのかわからないまま、樹人は恐る恐る瞳を開く。すぐ目の前で、こちらを見つめている瑛介と視線が交わった。熱っぽい眼差しに狼狽《うろた》えていると、不意に瑛介が微笑を浮かべる。彼は満足げに顔を寄せると、樹人と軽く唇を合わせてきた。

「やっと見られた。おまえの新しい顔」

「え……」

「クランクアップの直後は、なんだかんだあってゆっくりできなかっただろ。俺も、ギリシャへトンボ帰りしなくちゃならなかったし。クリスマスも正月も、メシ食ってキスするのがせいぜいだった。なぁ、樹人。俺が今回のオフを、どれだけ楽しみにしてたかわかるか?」

「そんなの…俺だって同じだよ…?」

少々ムッとして言い返したが、やんわりと笑顔で撥《は》ねられてしまう。それから、瑛介は再び抱きしめる腕に力を込めると、長い吐息混じりに呟いた。

「長かったな、今日まで。樹人を最初に抱いた日から、おまえの身体が俺に馴染むのをずっと待っていたんだ。そうでないと、なかなか本当の表情を見せてもらえないからな」

「本当の表情…って…?」

「樹人が、俺を欲しがっている顔だよ」

そのセリフを聞いた途端、身体がカッと熱くなったが、瑛介はまるでおかまいなしだ。確かに、抱かれることにある程度慣れるまでは、ただ情熱を受け止めるだけで精一杯というのが樹人の本音だったが、まさかそこまで見抜かれているとは思わなかった。

「俺…飢えた顔、してるのかな…」

「充分な」

不安げな樹人に笑いかけ、瑛介はそれきり無駄口を叩くのをやめた。

気がつけばすっかり上半身は脱がされ、露になった肌を潤んだ指先がなぞっていく。優雅な仕種に翻弄《ほんろう》されている間に、瑛介の唇が首筋から鎖骨にかけてを何度も甘噛みしていった。ちろりと動く舌先が、口づけの隙間《すきま》から痺《しび》れるような快感を生み続ける。樹人の息遣いに色が付き、上がる声に微熱が混じり始めた。

「…う……ん……」

舌先の這《は》いまわる快感につられ、肌がしっとりと湿り気を帯びる。瑛介の吐息がそこに降りかかると、それだけで樹人は全身を小刻みに震わせた。唇が薄く開かれ、桃色の舌がちらりと覗く。瑛介はそっと右手の指先を伸ばすと、樹人の濡れた唇を爪で軽く愛撫した。

「ふ……っ…」

堪え切れずに上げる声は、すでに意味をなさない音でしかない。その甘い音色をもっと引き出したくて、それまでわざと触れずにおいた胸元に瑛介はそっと唇を寄せた。

弱い部分を刺激され、次から次へと溢れる声を樹人は抑えることができない。夢中で瑛介の指を口に含み、なんとか堪えようとしたがやはり難しかった。子どもがすすり泣くような、自分とは思えない声が切なく部屋を満たしていく。とうとう我慢も限界に達しかけた時、不意に瑛介の気配が遠くなった。

「え……」

瑛介の重みが消えた途端、内側にこもった熱がやるせなくうずき出す。正直すぎる反応に思わず樹人の身体は火照《ほて》ったが、熱を帯びた肌はどんどん感覚が鋭敏になっていくようだ。衣ずれの音にそっと目線を上げると、手早く服を脱ぎ捨てている瑛介が視界に映った。

ふっと互いに瞳を合わせ、二人は声に出さずに想いを交わす。樹人にはもう情熱の行方がわかっていたから、特に大きな抵抗もなく瑛介が下半身へ伸ばしてきた愛撫も受け入れた。

下着ごと服を全て脱がされ、改めて瑛介と肌を合わせる。触れた場所から甘い痺れが走り、自分がどれだけ瑛介を欲していたのか樹人は思い知らされる気分だった。

「なんか…あったかいな…」

擦《こす》れ合う肌が微かに痛むのは、きっと全部を覚えようとしているからだ。瑛介の漏らした一言を胸で嚙み締め、樹人は深くため息をついた。繋がる前の緊張は、重なる鼓動が和らげてくれる。その音を頼りに、樹人は自分から強く瑛介の背中へ両手を回した。

「樹人……」

「…え?」

「大丈夫か…?」

そう尋ねる瑛介の方が、どこか不安な響きを残している。樹人は小さく頷くと、ぐるぐると

体内を駆け巡る熱が一点を目指して脈打つのを感じていた。瑛介の右足が半ば強引に割り込み、樹人は意識して身体から力を抜く。瑛介は左手を樹人の下半身へ絡ませると、包み込むような愛撫を施しながらゆっくりと侵入を試みた。

「……う……く……っ……」

喉で止め切れなかった声が、唇の隙間から次々と零れ出る。もともと受け入れる身体には生まれついていないので、何度経験しても初めの苦しさは一緒だった。けれど、樹人はできる限り瑛介を許し、少しでも深い部分で繋がろうと努力する。瑛介の欲望を全身で受け止め、身体いっぱいで彼を愛したかった。

「樹人……？」

眉間《みけん》に皺を寄せている樹人に、微かにうわずった瑛介の声がかけられる。痛みと快感がないまぜになって、少し彼が動くたびに内側から樹人を壊そうとしているように思えた。耐え切れずに瑛介の背中へ爪を立てると、宥《なだ》めるようなキスが柔らかくこめかみにくり返される。樹人はホッと息をつき、再び瑛介が身体を推し進めていくのに控えめな協力をした。

やがて、充分に飲み込まれた瑛介がゆっくりと律動を始める。そのたびに背中まで鈍い痛みが走ったが、もう感じるのは痛みだけではなかった。限界まで試されているような衝撃も、何より甘美な瑛介の熱に溶かされていく。繋がる身体に快感が追いついてきた頃には、樹人の喉はとうに枯れ、肌に浮いた汗の滴も残らず瑛介に舐《な》め取られていた。

一度一つに溶け合えれば、もう二度と離れることはない。そんな願いを込めた抱擁《ほうよう》は互いを何度も絶頂へと導き、悦びの吐息をシーツの海に溢れさせる。瑛介の腕に抱かれて半ば朦朧《もうろう》としながらも、樹人はもう一人の自分がどこかで二人を見ているのに気がついた。

それは、幾通りもの可能性を持った未来の自分。

あるいは、平凡な日常に甘んじていた過去の自分かもしれない。

どの存在も心から愛しくて、樹人は自然と微笑を浮かべる。そうして、一番本来の自分に近いのは、こうして瑛介に抱かれている姿なんだと満ち足りた心で確信した。

朝になれば、また瑛介はカメラマンの顔で出ていくだろう。

自分も、普通の高校生の顔をして家へ帰る。

それでも、肌を合わせた時間を思い返すたびに、いつでも二人は恋人同士になれる。素直にそう信じられることが、何より樹人には嬉しかった。

「愛してるよ…樹人……」

疲れ切って眠りに落ちる寸前、瑛介のささやきがそっと耳に届く。

樹人はかつて封印された微笑を寝顔に浮かべ、明日からの自分たちへ思いを馳《は》せた。

あとがき

こんにちは。あるいは、はじめまして。この本がお手元に届く頃はすっかり晩夏という雰囲気になっていると思いますが、皆様はどのような夏をお過ごしになられましたか？　今年こそ一人で浴衣《ゆかた》が着られるようになろう、と決意をして、結局何もせぬまま終わりそうな予感のする神奈木《かんなぎ》です。まぁ、どこへ着ていくというアテもないんですけど。しょぼん。

さて。『ダイヤモンドの条件』です。天才カメラマンに見出されたモデルくんの、典型的な男版シンデレラ物語…の筈が、確かに磨かれはするけれど、なんだよモデルってこんなに大変なのかよ、詐欺《さぎ》じゃんか、騙された！　というお仕事苦労物語になってしまいました。見た目は華やかでも、実際は苛酷で厳しい職業。白鳥は優雅に見えるが…ってヤツですか。ちょっぴり業界の裏側を覗《のぞ》くつもりで、楽しんで読んでいただければ幸いです。

実はカメラは私も大好きで、よく散歩ついでに写真を撮ったりしています。でも、撮られるのは大嫌い。だから、どこへ旅行しても自分が映っている写真は極端に少なかったりします。でも、私だって「普段の百倍綺麗に撮ってくれるカメラマンさえいれば…」と願わなかったわけではありません。そんな私の願望が、荒木瑛介《あらきようすけ》という男を生んだと言えましょう。ちなみに、主人公の樹人《たつと》という名前は、よく行くパスタ屋さんの息子さんから拝借したもの。密かにお気に入りだった平間《ひらま》くんは、一番セリフを書いていて楽しい人物でした。

そして、イラストはシャープで美麗なタッチが素敵な須賀邦彦《すがくにひこ》さんです。雑誌掲載時から、わくわくするようなドラマティックなイラストでお話を盛り上げてくださいましたが、須賀さんの描かれた紀里谷《きりや》がまた美しくて♡　生憎と雑誌ではキャララフのみの登場だったので、続編では出番を増やそう…なんて思っていたのですが、今度は佐内《さない》に食われてしまいました…。そんなわけで、紀里谷のラフは『お宝』として大事に取ってあります。ご多忙の中、映画のワンシーンを切り取ったような、センス溢《あふ》るるイラストを本当にありがとうございました。

宝石関連の情報は友人のトシくん、カメラに関しては元にっかつ照明マンの森川《もりかわ》くんから、それぞれアドバイスをいただきました。皆、まとめてどうもありがとうです。

最後に、担当の山田さん。この作品は、まさに山田さんの粘り勝ちと申せましょう。原稿も佳境に入った辺りから、私は小説を書くというよりはなんだかスポーツをしているようなハイな気持ちになっていきました。お陰で、悔いのない作品作りができたと思います。読者さまも、何か感想などありましたら、今後の励みにぜひお聞かせくださいませ。心よりお待ちしております。時間がかかっても、お返事は出しておりますので…。

まだまだ残暑も厳しいかと思います。お互い、身体に気をつけて次回作でもまたお会い致しましょう。どうぞ、今後共よろしくお付き合いくださいね。

神奈木　智拝

この本を読んでのご意見、ご感想を編集部までお寄せください。

《あて先》〒105－8055　東京都港区芝大門2－2－1　徳間書店　キャラ編集部気付
「神奈木智先生」「須賀邦彦先生」係

■初出一覧
ダイヤモンドの条件……小説Chara vol.4（2001年7月号増刊）
ゼロの微笑……書き下ろし

Chara

ダイヤモンドの条件

……【キャラ文庫】

2002年8月31日 初刷

著者 神奈木 智
発行者 市川英子
発行所 株式会社徳間書店
〒105-8055 東京都港区芝大門2-2-1
電話03-5403-4323（書籍販売部）
03-5403-4348（編集部）
振替00140-0-44392

印刷・製本 大日本印刷株式会社
カバー・口絵 近代美術株式会社
デザイン 海老原秀幸

ISBN4-19-900239-1

好評発売中

神奈木智の本
【王様は、今日も不機嫌】
イラスト◆雁川せゆ

親友との賭けで、深夜のオフィスに忍び込んだ高校生の季沙《きさ》。誰もいないと思った、その暗闇で出会ったのは、残業中の朗《ろう》だった。名前しか教えず逃げ去った季沙の前に、再び現れた朗は「おまえに恋したから」と強引にキスを奪ってきて——。自信家で、態度も口調も王様な朗に、会うたびに振り回されっぱなし。なのに逆らえないのは一体なぜ…!?　スリリングなキュート・ラブ♥

好評発売中

神奈木智の本
【勝ち気な三日月】

イラスト◆楠本こすり

高校生のツバキと樹也《いつや》は、血の繋がらない義兄弟。幼い頃は仲の良かった二人だけど、最近兄の樹也がなぜかよそよそしい。話しかけても、そっけなくて冷たいのだ。綺麗で優しい樹也をいつでも独り占めしたいツバキは、落ち込むばかり。「なんで俺、こんなに樹也が気になるんだろう…？」樹也との距離をきっかけに、ツバキは樹也に対する兄以上の気持ちに気づいてしまい——!?

少女コミックMAGAZINE

Chara［キャラ］

BIMONTHLY 隔月刊

「萩小路青矢さまの乱」

原作 秋月こお＆作画 東城麻美

「凛 -RIN-！」

原作 神奈木智＆作画 穂波ゆきね

イラスト／東城麻美

イラスト／穂波ゆきね

……豪華執筆陣……

吉原理恵子＆禾田みちる　菅野 彰＆二宮悦巳　峰倉かずや

橘 皆無　沖麻実也　麻々原絵里依　杉本亜未　獸木野生

TONO　有那寿実　円陣闇丸　辻よしみ　etc.

偶数月22日発売

投稿小説★大募集

『楽しい』『感動的な』『心に残る』『新しい』小説――

みなさんが本当に読みたいと思っているのは、どんな物語ですか？　みずみずしい感覚の小説をお待ちしています！

•応募きまり•

[応募資格]

商業誌に未発表のオリジナル作品であれば、制限はありません。他社でデビューしている方でもOKです。

[枚数／書式]

20字×20行で50～100枚程度。手書きは不可です。原稿はすべて縦書きにして下さい。また、800字前後の粗筋をつけて下さい。

[注意]

①原稿の各ページには通し番号を入れ、次の事柄を1枚目に明記して下さい。（作品タイトル、総枚数、ペンネーム、本名、住所、電話番号、職業、年齢、投稿・受賞歴）
②原稿は返却しませんので、必要な方はコピーをとって下さい。
③締め切りは特別に定めません。面白い作品ができあがった時に、ご応募下さい。
④採用の方のみ、原稿到着から3カ月以内に編集部から連絡させていただきます。また、有望な方には編集部からの講評をお送りします。
⑤選考についての電話でのお問い合わせは受け付けできませんので、ご遠慮下さい。

[あて先]

〒105-8055 東京都港区芝大門2-2-1
徳間書店 Chara編集部 投稿小説係

投稿イラスト★大募集

キャラ文庫を読んで、イメージが浮かんだシーンをイラストにしてお送り下さい。キャラ文庫、『Chara』『Chara Selection』『小説Chara』などで活躍してみませんか？

•応募きまり•

[応募資格]

応募資格はいっさい問いません。マンガ家＆イラストレーターとしてデビューしている方でもOKです。

[枚数／内容]

①イラストの対象となる小説は『キャラ文庫』か『Chara、Chara Selection、小説Charaにこれまで掲載された小説』に限ります。既存のイラストの模写ではなくオリジナルなイメージで仕上げて下さい。
②カラーイラスト１点、モノクロイラスト３点の合計４点。カラーは作品全体のイメージを。モノクロは背景やキャラクターの動きの分かるシーンを選ぶこと（裏にそのシーンのページ数を明記）。
③用紙サイズはＡ４以内。使用画材は自由。

[注意]

①カラーイラストの裏に、次の内容を明記して下さい。（小説タイトル、ペンネーム、本名、住所、電話番号、職業、年齢、投稿・受賞歴、返却の要・不要）
②原稿返却希望の方は、切手を貼った返却用封筒を同封して下さい。封筒のない原稿は編集部で処分します。返却は応募から１カ月以内。
③締め切りは特別に定めません。採用の方のみ、編集部から連絡させていただきます。選考結果の電話でのお問い合わせはご遠慮下さい。

[あて先]

〒105-8055 東京都港区芝大門2-2-1
徳間書店 Chara編集部 イラスト募集係